Carola Wimmer

Hope
Für immer und ewig

CAROLA WIMMER

Hope

Für immer und ewig

cbj

Der Verlag weist ausdrücklich darauf hin, dass im Text enthaltene externe Links vom Verlag nur bis zum Zeitpunkt der Buchveröffentlichung eingesehen werden konnten. Auf spätere Veränderungen hat der Verlag keinerlei Einfluss. Eine Haftung des Verlags ist daher ausgeschlossen.

Dieses Buch ist auch als E-Book erhältlich.

MIX
Papier aus verantwortungsvollen Quellen
FSC® C014496

Verlagsgruppe Random House FSC® N001967

1. Auflage 2017

Lektorat: Almut Schmidt
Umschlagabbildung: Gettyimages / Sasha Bell
Umschlaggestaltung: bürosüd, München
SaS · Herstellung: AJ
Satz: KompetenzCenter, Mönchengladbach
Druck: GGP Media GmbH, Pößneck
ISBN 978-3-570-17432-6
Printed in Germany

www.cbj-verlag.de

Prolog

Leo konnte nicht mehr warten. Ohne sich Zeit für eine Verabschiedung zu nehmen, sprang sie aus dem Auto. Bis eben hatte sie im Krankenhaus gelegen, nun, direkt nach der Entlassung, hatte ihre Mutter sie nach Mooraue fahren müssen. Denn Leo kannte nur einen Gedanken: Hope!

Die Woche, in der sie ihre Lungenentzündung auskuriert hatte, war ihr wie eine Ewigkeit vorgekommen. Zwar hatten sie alle, die ihr wichtig waren – ihre Mutter, Angelika, Bea und Richard – oft besucht, aber in Gedanken war sie ständig bei Hope gewesen.

Als sie nun endlich durch den Torbogen auf den Hof und Richtung Koppel lief, atmete sie genussvoll ein. Da war er wieder: dieser erdige Geruch der Pferde. Was für ein Unterschied zu ihrem sterilen Krankenzimmer! Sofort fühlte sie sich zu Hause.

Vor dem Gutshaus bemerkte Leo eine aufgeregt schnatternde Mädchengruppe, wahrscheinlich neue Reitschülerinnen. Von Bea und Angelika wusste sie, dass es zahlreiche Neuanmeldungen gab. Auch bei den Pensionspferden waren einige hinzugekommen. Die Zukunft von Mooraue schien gerettet. Leo war darüber sehr glücklich. Alles würde gut werden.

Da vernahm Leo ein scharfes Wiehern. Sie drehte sich zum Reitplatz um und entdeckte ein unbekanntes Mädchen auf einem schwarzen Pferd. Der lange kastanienbraune Zopf, der ihr bis zu den Hüften reichte, wippte im Galopp auf und ab.

Leo verlangsamte ihren Schritt, um einen Blick auf den Rappen zu werfen. Sein Fell schimmerte lackschwarz, die lange Mähne floss in Wellen an ihm herab. Er wurde offensichtlich mit großer Hingabe gepflegt.

Gerne hätte sie das schöne Pferd noch etwas länger betrachtet, doch es zog sie weiter zur Koppel, zu Hope. Schon von Weitem sah sie ihre Stute inmitten der Herde. Hope hatte Leo ebenfalls bemerkt und blickte ihr mit hoch erhobenem Kopf und aufgestellten Ohren entgegen. Dann sprengte sie los. Auch Leo begann zu rennen. Am Gatter trafen sie aufeinander. Leo blieb nicht einmal Zeit, es zu öffnen, denn Hope streckte ihr den Kopf ungestüm über die Holzstangen hinweg entgegen. Selig lächelnd versenkte Leo ihr Gesicht in Hopes weicher Mähne. Für den Augenblick schien die ganze Welt um sie herum stillzustehen, eine fast schon übernatürliche Ruhe überkam Leo. Zärtlich schmiegte sie ihre Stirn gegen Hopes. Genau so soll es bleiben, dachte sie. Nichts sollte sich ändern. Sie gehörten zusammen, für immer und ewig.

1. Kapitel

Wie gerne wäre Leo länger bei Hope geblieben! Doch sie hatte versprochen, sich noch zu schonen. Als sie nach ihrem viel zu kurzen Ausflug nach Hause zurückkehrte, war ihre Mutter in der Küche gerade dabei, ein leckeres Essen zu zaubern. Aus dem Backofen duftete es bereits nach Pizza, Leos Lieblingsgericht. »Zur Feier des Tages«, sagte Eva Pollinger zärtlich. »Weil du endlich wieder zu Hause bist.«

»Ein perfektes Essen für einen perfekten Tag!« Leo umarmte ihre Mutter.

»Es braucht nur noch ein bisschen«, entschuldigte sich Eva Pollinger. »Ich musste vorhin noch kurz in der Firma vorbeifahren.«

Leos Mutter arbeitete nun seit fast einer Woche für Herrn Blankewitz. Nachdem ihr Richards Vater das Angebot gemacht hatte, die Konfitüreproduktion mit neuen Geschmacksrichtungen aufzupeppen, hatte sie sofort ihren ungeliebten Bürojob gekündigt.

»Du gehst samstags arbeiten?«, wunderte sich Leo.

»Im Moment geht es nicht anders«, erwiderte ihre Mutter.

»Na, Hauptsache du hast Spaß«, lachte Leo.

»Den hab ich.« Eva Pollinger lächelte selig. »Es ist wie im Himmel: Ich darf herumexperimentieren, wie ich möchte. Für nächste Woche hat Herr Blankewitz einige Testesser eingeladen. Die werden entscheiden, in welche Richtung es weitergehen soll.« Mit einem Zwinkern fügte sie hinzu: »Aber ich glaube schon jetzt, dass die Quitte-Vanille-Kombination das Rennen machen wird!«

Leo hob zustimmend den Daumen. »Vanille ist lecker. Vielleicht neutralisiert sie die Quitte«, sagte sie und grinste. Jeder wusste, dass sie Herrn Blankewitz' Marmelade nicht mochte.

Leos Mutter schüttelte in gespielter Empörung den Kopf. Dann wurde sie ernst. »Ich hoffe nur, dass meine Neuschöpfungen Erfolg haben ... Schließlich soll ich damit ja quasi das Unternehmen retten!«

Tatsächlich war die Firma »Blankewitz' feine Quittenkonfitüre« schon lange in den roten Zahlen. Herr Blankewitz brauchte dringend einen neuen Verkaufsschlager, um den drohenden Konkurs abzuwenden.

»Auf Mooraue scheint es jedenfalls besser zu gehen«, sagte Leo. »Es gibt einige neue Reitschüler und Pensionspferde.«

»Das ist schon mal gut.« Ihre Mutter nickte. »Dann brennt es nur an einer Front.«

»Ich bin sicher, du wirst den Laden rocken.« Leo kicherte. »Auch wenn du einen Quitte-Knoblauch-Mix kreierst – immer noch besser als das Original.«

»Leo, jetzt hör aber auf«, lachte Eva Pollinger. »So schlimm ist sie nun wirklich nicht!«

»Ja, ja.« Leo winkte ab und öffnete die Küchenschublade, um das Besteck herauszunehmen.

»Wir sind nur zu zweit«, sagte Eva Pollinger schnell, als sie sah, dass Leo für drei decken wollte.

»Was ist denn mit Harald?«, fragte Leo. Vor ihrem Krankenhausaufenthalt hatte es kaum einen Tag gegeben, an dem der neue Freund ihrer Mutter nicht mit ihnen gegessen hatte.

»Wir sehen uns im Moment leider nicht so oft«, sagte Eva Pollinger. »Er arbeitet fast rund um die Uhr.«

Das wunderte Leo nicht. Harald hatte bei RT-MEGA, dem Sender, der damals Leos Pferdedoku produziert hatte, eine eigene Kochshow bekommen. Sie hatte sich gleich gedacht, dass er sich mit Besessenheit auf diesen prestigeträchtigen Job werfen würde.

»Verstehe«, sagte sie deshalb.

Aber für Eva Pollinger war das Thema noch nicht beendet.

»Harald ist der totale Workaholic«, fügte sie augenrollend hinzu. »Aber jetzt unterstellt er MIR, ich wäre die Arbeitssüchtige! Was für ein Blödsinn!«

Leo sah sie nachdenklich an. Hatte Harald nicht vielleicht recht? Ihre Mutter war in der letzten Woche von früh bis spät in der Firma gewesen. Andererseits wusste Leo sehr gut, wie es sich anfühlte, wenn etwas tiefe Erfüllung brachte: So wie bei ihr das Zusammensein mit Hope! Ihre Mutter tat nun das, was sie liebte – neue Rezepte kreieren.

2. Kapitel

Als Leo am nächsten Morgen aufstand, fand sie auf dem Küchentisch nur einen Zettel vor: »Bin schon in die Firma gefahren, muss noch Dinge erledigen! Hab einen schönen Tag!« Leo schüttelte den Kopf. Wie sich die Zeiten änderten! Seit sie nicht mehr auf dem Internat war, hatten sie und ihre Mutter immer gemeinsam gefrühstückt. Eva Pollinger war nämlich der Ansicht, dass das Frühstück die wichtigste Mahlzeit des Tages sei. Und jetzt hatte sich ihre Mutter verdünnisiert! Aber Leo war das nur recht. Hastig löffelte sie eine Schale Cornflakes leer und stürzte einen Orangensaft hinterher. Sie wollte so schnell wie möglich zu Hope. Das Wiedersehen am Vortag war viel zu kurz gewesen!

Vorher wollte Leo noch schnell bei Bea vorbeischauen. Gestern hatte sie ihre beste Freundin nämlich nicht auf dem Pferdehof getroffen. Das war seltsam, schließlich war Bea fast noch pferdeverrückter als Leo. Ein Tag ohne ihr Lieblingspferd Rosinante war für Bea wie ein keksfreier Tag für das Krümelmonster.

Hoffentlich ist nichts passiert, dachte Leo auf dem Weg zu ihrer Freundin. Beas Stiefmutter hasste Pferde und hatte immer mal wieder gedroht, ihr den Umgang mit ihnen zu verbieten.

Als Leo jetzt an Beas Tür klingelte, fühlte sie sich etwas beklommen. Wie befürchtet, öffnete auch noch Beas Stiefmutter – allerdings war sie bester Stimmung.

»Ja, Bea ist da«, sagte sie. »Aber sie lernt!«, fügte sie nicht ohne Stolz hinzu. »Sie bereitet sich auf das neue Schuljahr vor.«

»Wirklich?«, fragte Leo ungläubig und betrat die Wohnung. Zu ihrer Überraschung saß Bea tatsächlich in ihrem Zimmer am Schreibtisch. Sie tippte eifrig auf der Computertastatur herum. Als Leo eintrat, sprang sie auf und umarmte sie. Doch gleich danach hockte sie sich wieder an den Computer.

»Bea, was ist los? Warum sitzt du hier drinnen?«, rief Leo. »Ich dachte, wir verbringen das letzte Ferienwochenende auf Mooraue!«

Bea wedelte mit den Händen. »Ja, unbedingt, aber später! Ich muss noch was Wichtiges erledigen.«

Leo sah ihre Freundin zweifelnd an. »Arbeitest du wirklich für die Schule?«

Bea kicherte. »Quatsch! Das habe ich nur gesagt, damit ich den Computer kriege! Komm mal her, ich zeig dir was.«

Bea rief eine Webseite auf. »Willkommen auf Mooraue«, stand dort. Leo glaubte, sich verlesen zu haben, erkannte dann aber, dass es sich tatsächlich um »ihr« Mooraue handelte. »Wow, sieht gut aus!«, sagte sie.

»Frau Blankewitz hat die Seite bei einem Webdesigner in Auftrag gegeben«, erklärte Bea. »Damit die Leute sich über den Hof informieren können.«

»Oh, da hätten wir auch drauf kommen können!«, sagte Leo und klickte im Menü auf »Bilder«. Es erschien eine Fotostrecke mit wunderschönen Bildern des Hofs, vom Offenstall über die chipgesteuerte Fütterungsanlage bis zu den weitläufigen Koppeln. Auch die Pferde wurden vorgestellt. Von jedem Pferd gab es eine stimmungsvolle Porträtaufnahme, die die Einzigartigkeit eines jeden Pferdes überraschend genau wiedergab. Da war der wilde dunkelbraune Joe, die zwei freundlichen Friesen Fredo und Angel, der hellbraune Einzelgänger Georgio, die fröhliche Holsteinerstute Luna, die gemütlichen Jütländer Darius und Calypso, der freche Knabstrupper Fabulus und natürlich Rosi. Für Leo war jedoch das Foto von Hope am schönsten. Das lag nicht nur an ihrer offensichtlichen Schönheit, ihrem glänzenden Fell und ihrem kraftvollen, aber graziösen Körperbau. Es waren vor allem ihre sanften Augen. Sie verrieten ihre Sensibilität und Klugheit.

»Und weißt du, was das Tollste ist?«, fragte Bea. Ohne auf Leos Antwort zu warten, deutete sie auf einen der Menüpunkte.

»Das ist mein Blog!«, sagte sie stolz.

»Rosis Welt«, las Leo vor. Sie klickte auf den Link und eine neue Seite öffnete sich. Schon auf den ersten Blick erkannte Leo, dass Bea sich sehr viel Arbeit gemacht hatte. Es gab bereits zahlreiche Blogartikel, etwa zu »Reiten gewaltfrei – sei dabei« oder »Rauf aufs Pferd – aber bitte mit Hilfe«. Außerdem entdeckte Leo jede Menge Fotos und Zeichnungen, die Bea von Rosi gemacht hatte.

»Wahnsinn«, sagte Leo. »Du bist jetzt eine richtige Bloggerin!«

»Ich möchte, dass möglichst viele Menschen erfahren, wie sich ihr Pferd wohlfühlt! Was es braucht und wie es mit Respekt geritten wird!«, erklärte Bea.

»Verstehe. Aber wollen wir jetzt nicht doch lieber zu Rosi und Hope?«, fragte Leo.

Bea sah verlegen zu Boden. »Wie gesagt, ich muss noch den Artikel zu Ende schreiben. Das ist mir gerade sehr wichtig. Ich komme später nach.«

»Okay«, sagte Leo und versuchte, neutral zu klingen. Ihr war klar, wie gut und wichtig Beas Anliegen war. Die Menschen mussten erfahren, was ein wirklich pferdefreundlicher Umgang bedeutete! Aber ein bisschen enttäuscht war sie trotzdem.

3. Kapitel

Nachdenklich lief Leo durch das kleine Wäldchen nach Mooraue. Nie hätte sie gedacht, dass Bea etwas wichtiger sein könnte, als einen freien Tag mit Rosinante zu verbringen. Eher hätte ihre Stiefmutter ein Pferd geheiratet!

Als der Wald sich lichtete und die üppigen Weiden und Felder rund um Mooraue sichtbar wurden, dachte sie unwillkürlich daran, wie sie damals mit Bea hier entlanggekommen war. Sie hatten sich gerade kennengelernt und Leo trug nach einer Verletzung auf dem Sportinternat noch einen Gips. Bea hatte ihren Rollstuhl tapfer über den holprigen Feldweg geschoben, vorbei an Frühlingswiesen und knospenden Sträuchern.

Bei dieser Erinnerung huschte Leo ein Lächeln über das Gesicht. Sie dachte daran, wie sie Hope das erste Mal gesehen hatte und an den Sommer, den sie alle miteinander verbracht hatten. Nun waren die langen Tage des Jahres vorbei. Die Sonne stand schon deutlich tiefer und wärmte nur noch mit halber Kraft. Eine Brise fegte über die weite Fläche. Leo spürte einen Hauch von Herbst.

Dass Bea nicht mitgekommen war, schmerzte Leo plötzlich stärker als zuvor. Sie wusste selbst nicht, warum. Bea war eine treue und verlässliche Freundin. Sie hatte Leo jeden Tag im Krankenhaus besucht und ihr sogar kleine Briefchen zugesteckt, die Leo an den öden Krankenhausabenden lesen konnte, wenn sie sich allein fühlte. Trotzdem überkam Leo tief im Inneren plötzlich die Furcht, für Bea vielleicht nicht mehr so wichtig zu sein.

Eigentlich wusste Leo genau, dass ihre Sorgen unberechtigt waren, aber der Gedanke ließ sich einfach nicht abschütteln. Erst als sie das Gut fast erreicht hatte, wurde sie wieder etwas fröhlicher. Da bemerkte sie plötzlich am Weidezaun eine Gestalt in Jeans und Turnschuhen. Der Mann blickte in Richtung Mooraue. Leo schätzte ihn ungefähr so alt wie Herrn Blankewitz oder ihre Mutter, er war groß und schlank. Als er Leo bemerkte, wendete er hastig seinen Blick ab, als fühlte er sich bei etwas ertappt. Auch Leo sah in eine andere Richtung und wollte einfach an ihm vorbeigehen. Doch da sprach er sie an.

»Ist das dort drüben Mooraue?«, fragte er mit einem Lächeln, das durch die Lücke zwischen seinen Schneidezähnen noch sympathischer wurde.

Leo musste gegen ihren Willen ebenfalls lächeln. »Der Haupteingang ist aber auf der anderen Seite«, sagte sie. »Kann ich Ihnen irgendwie helfen?«

»Nein, nein, ich wollte nur mal gucken«, versicherte der Mann schnell. »Man kennt den Reiterhof aus dem Fernsehen.«

»Ja, stimmt«, bestätigte Leo und ging rasch weiter. Denn mit einem Mal wurde ihr klar, dass der Mann auch sie aus der Pferdedoku kennen musste. Irgendwie war ihr das unangenehm.

Sie verließ den Feldweg und bog auf die Kieseinfahrt ab, die von hier aus direkt zum Gutshaus führte. Leo lief um das Gebäude zum Platz und hatte gerade den alten Brunnen erreicht, der inzwischen als Blumenbeet diente, da erklang von oben eine vertraute Stimme.

»Du bist also wieder unter den Lebenden!«, freute sich Herr Blankewitz. Er stand zusammen mit Angelika auf der großen Freitreppe und winkte ihr zu.

»Willkommen zurück auf Mooraue!«, begrüßte auch Angelika sie.

»Einen Tag länger, und ich wäre gestorben«, rief Leo lachend nach oben.

»So ist das, wenn man ohne Pferde nicht mehr leben kann«, scherzte die Pferdetrainerin.

»Du ja offenbar auch nicht«, sagte Leo und grinste. »Oder hast du nicht mitbekommen, dass schon Wochenende ist?«

Tatsächlich war die Pferdetrainerin normalerweise nur unter der Woche auf dem Hof.

»Ich habe etwas mit Herrn Blankewitz zu besprechen«, sagte Angelika. Verlegen sah sie zu Boden.

Herr Blankewitz lachte. »Nicht so bescheiden, Angelika!« Und zu Leo gewandt, erklärte er: »Ich habe Angelika befördert. Sie ist jetzt Cheftrainerin und Head-of-Operation-Managerin auf Mooraue.«

»Herzlichen Glückwunsch!«, rief Leo, auch wenn sie keine Ahnung hatte, was das englische Wort bedeutete. Sie stürzte die Treppen hoch, um Angelika zu umarmen.

»Und was heißt das genau?«, wollte sie wissen.

»Gute Frage.« Angelika lachte unsicher und sah zu Herrn Blankewitz.

»Das heißt auf gut Deutsch, dass Angelika den Laden jetzt schmeißt. Sie wird Mooraue in die Zukunft führen«, erklärte er.

»Oh, toll!« Leo strahlte Angelika an.

Aber Angelika sah wieder nur zu Boden. »Ja, das ist eine ganz tolle Sache – Chance, meine ich.«

»Angelika ist viel zu bescheiden, man muss ihr manchmal etwas auf die Sprünge helfen«, erklärte Herr Blankewitz. »Stell dir vor: Sie wollte die Beförderung erst gar nicht annehmen!«

»Es kam halt so unerwartet«, versuchte Angelika zu erklären.

»Na ja, aber jetzt gehen wir gemeinsam ins Büro, damit ich Angelika einen Überblick über unseren Aktenbestand geben kann.«

»Papierkram?«, fragte Leo verwundert.

»Natürlich gehören zu ihrem Job auch die Abrechnungen, Futterbestellungen, Versicherungen und Verträge!«, erklärte Herr Blankewitz.

Angelika warf Leo einen Blick zu, der Bände sprach. Spätestens jetzt wurde auch Leo klar: Für Angelika war die Beförderung wahrscheinlich so, als würde man einen Kaktus in die Arktis pflanzen.

4. Kapitel

Leo fand es trotzdem wunderbar, dass nun Angelika den Hof leiten würde. So würde auch in Zukunft alles im Sinne der Pferde entschieden werden.

Während Leo weiter zur Koppel lief, erinnerte sie sich mit Schaudern an die letzten Wochen. Als die Pferdedoku gedreht wurde, hatte Frau Blankewitz Angelika in den Zwangsurlaub geschickt und selbst das Ruder auf dem Hof übernommen. Und das, obwohl sie überhaupt nichts von Pferden verstand! Entsprechend katastrophal war dann auch das Ergebnis gewesen.

Als Leo die Koppel erreicht hatte, sah sie, dass diese geteilt worden war. Ein Teil der Fläche war für das neue Pferd mit einem Elektrozaun abgetrennt worden. Zum pferdefreundlichen Konzept von Mooraue gehörte, dass jeder Neuankömmling ganz allmählich an die Herde gewöhnt wurde, damit es keine Kämpfe gab.

Der schwarze Wallach hatte Leo längst bemerkt und taxierte sie mit seitlich geneigtem Kopf. Leo blieb automatisch stehen. Sie überlegte, zu was für einer Rasse er gehörte. Sein Kopf war etwas kleiner als bei den anderen Pferden auf dem Hof. Er wirkte edel, ja majestätisch, strotzend vor Selbstbewusstsein. Leo fand das Tier faszinierend, gleichzeitig irritierte es sie auch. Es war der Blick. Etwas Hochmütiges lag darin. Konnte ein Tier arrogant sein?, überlegte Leo. Nein, sicher nicht, das bildete sie sich nur ein.

Vorsichtig streckte sie eine Hand aus und rief: »Hallo, du! Komm mal her!« Nichts geschah. Der Rappe sah sie nur weiter aufmerksam an. Leo trat einen Schritt näher an den Zaun. Im selben Moment riss das Pferd schnaubend den Kopf herum und stob davon.

Überrascht verharrte Leo einen Augenblick in ihrer Bewegung. Dann nahm sie den Arm herunter und sah sich um. Sie fürchtete, bei ihrer missglückten Annäherung beobachtet worden zu sein. Aber niemand war zu sehen. Erleichtert ging sie weiter und war froh, als sie auf der größeren Koppel den vertrauten Schulpferdeclan entdeckte. Die meisten hatten unter den Bäumen Schatten gesucht und verscheuchten mit trägen Schweifschlägen die Fliegen. Hope stand etwas abseits, wie immer mit aufgestellten Ohren, jederzeit bereit, bei Gefahr die Herde zu warnen. Als sie Leo sah, kam sie schnaubend näher und galoppierte übermütig am Koppelzaun entlang.

Sofort strahlte Leo über das ganze Gesicht. Hopes

Zuneigung und Lebensfreude lösten in ihr jedes Mal ein tiefes Gefühl der Verbundenheit aus.

»Da braucht heute wohl jemand etwas Extrabewegung«, lachte sie. Wie zur Bestätigung legte Hope noch eine weitere Runde am Zaun entlang ein.

»Na, dann komm! Wir reiten aus!«, rief Leo und ging weiter zum Tor, um es zu öffnen. Sofort kam Hope schnaubend angetrabt und folgte ihr ohne Seil und Halfter zum Stall. Leo holte Sattel und Putzzeug aus der Sattelkammer und begann, Hopes Fell sorgfältig zu bürsten, damit nicht das kleinste Schmutzkörnchen unter dem Sattel scheuern konnte.

Dann legte sie Satteldecke und Sattel auf und befestigte locker den Gurt. Erst nachdem sie sich versichert hatte, dass der Sattel gut auflag, zog sie etwas fester an. Dann streifte Leo Chaps und Reithelm über und stieg, den Zaun als Aufstiegshilfe nutzend, in den Sattel. Im Schritt ritten sie vom Hof, den Seitenstreifen an der Straße entlang. Neben ihnen erstreckte sich eine weite Wiese. Leo spürte Hopes Ungeduld: die Stute wollte sich bewegen, ihrer Kraft freien Lauf lassen! »Na, dann los!«, ermunterte Leo sie. Im nächsten Moment sprengte Hope auch schon mit fliegender Mähne los, quer über das Grün. Es gab nur noch eine Richtung: den Horizont! Das Gras flog unter ihnen vorbei, über Leo strahlte die flammende Sonne. Sie fühlte sich federleicht und gleichzeitig mit Hope, der Erde und den

Wolken verbunden. Wie sehr hatte sie das vermisst! Der Wind sauste in ihren Ohren, als sie im Galopp das Ende der Wiese erreichten, den Anfang kilometerweiter Felder. Das Getreide war längst abgeerntet. Als riesiges Muster lagen goldene Strohballen in der Landschaft. Ohne Halt stob Hope über die Stoppelfelder, ihre Hufe warfen lehmige Erde auf.

Es war offensichtlich, dass Hope ihre gemeinsamen Ausritte ebenso gefehlt hatten wie Leo: Sie gehörten zusammen, und nichts und niemand würde sich je zwischen sie stellen können!

Leo hätte ewig so weiterreiten können. Doch irgendwann verlangsamte sie schließlich das Tempo und lenkte Hope in Richtung Wald. Erst jetzt spürte sie, wie sehr der Ritt sie erschöpft hatte. Ihre Lungenentzündung und die erzwungene Untätigkeit der letzten Woche hatten sie mehr geschwächt, als sie sich eingestehen wollte. Zum Glück waren sie nicht weit entfernt vom Laakensee. Im entspannten Schritt ritt sie im Schatten der Bäume zu dem Gewässer. Hier schwang sie sich aus dem Sattel und setzte sich unter eine Linde. Leo fühlte sich sofort besser. Die kühle, glasklare Luft ließ sie tief durchatmen. Sie löste Hopes Zügel vom Gebiss und beobachtete, wie die Stute ein paar Schritte auf den See zuging, ihren Kopf senkte und trank. An den Bäumen und Sträuchern um sie herum färbten sich bereits die ersten Blätter golden. Der See lag friedlich und still.

Leo nahm ihren Helm ab, schloss die Augen und genoss die Nachmittagssonne auf ihrem Gesicht. Sie überlegte, wie es in den nächsten Wochen weitergehen sollte. Klar, sie würde mit Hope weiter Freiübungen machen und viel spazieren gehen. Aber vielleicht sollte sie die Stute auch wieder an das Springen heranführen? Ganz langsam, Schritt für Schritt – damit Hope auch diese Angst auf Dauer verlor? Am besten bat sie Angelika, ihr zu helfen.

Plötzlich spürte Leo, wie Hope neben ihr unruhig wurde. Die Stute tänzelte nervös, ihre Ohren bewegten sich wie Antennen.

Leo sprang auf und sah sich um. War da jemand? Mit der Hand über den Augen spähte sie in den Wald hinein. Doch alles schien ruhig. Niemand war zu sehen.

Hope blieb angespannt und riss nervös den Kopf hoch.

»Da ist nichts«, versuchte Leo sie zu beruhigen. Aber auch sie hatte den Eindruck, dass da im Schutz der Bäume jemand stand. Jemand, der sie beobachtete.

5. Kapitel

Obwohl Leo niemanden entdecken konnte, fühlte sie sich unwohl. Sie beschloss, aufzubrechen und nach Mooraue zurückzureiten. Vielleicht war ja auch Bea endlich da.

Doch als Leo Hope zum Stall führte, war ihre Freundin immer noch nirgends zu sehen. Leo seufzte und sattelte Hope ab. Durch den Ritt über die Felder klebte reichlich feuchter Dreck an Hopes Bauch und Beinen. Leo stellte die Stute auf den Waschplatz und spritzte sie vorsichtig ab. Dann zog sie mit einem Schweißmesser das Wasser aus dem Fell. Die Stute genoss die intensive Zuwendung. Sie rührte sich nicht von der Stelle und brummelte genüsslich, bis sie wie neu glänzte.

»Fertig!«, rief Leo und wollte Hope rasch zur Koppel bringen. Doch ihre Schritte wurden langsamer, als sie in der Ferne Frau Blankewitz entdeckte.

Geschäftig in ihrem Kalender blätternd eilte sie quer über den Hof. Wie immer trug sie ein dunkles Kostüm und hohe Schuhe, was hier auf dem Pferdehof seltsam wirkte. Leo hatte insgeheim gehofft, Frau Blankewitz wäre inzwischen wieder zu ihrem Journalistenjob nach New York zurückgekehrt. Aber das war offensichtlich nicht so. Obwohl sich Richards Mutter bei Leo entschuldigt und ihren Fehler eingestanden hatte, waren für Leo noch nicht alle Missverständnisse ausgeräumt. Am liebsten wäre sie Richards Mutter aus dem Weg gegangen. Aber das war nicht mehr möglich. Frau Blankewitz kam direkt auf sie zu.

»Leo! Schön, dich zu sehen. Geht's dir wieder gut?«, fragte sie zur Begrüßung.

»Alles bestens«, sagte Leo und wollte weitergehen. Aber Frau Blankewitz redete schon weiter. »Hast du Bea gesehen? Ich hatte gehofft, sie wäre hier bei den Pferden. Ich müsste da nämlich noch etwas mit ihr besprechen.«

»Sie wollte längst da sein«, sagte Leo, und ihre Stimme klang gegen ihren Willen vorwurfsvoll. »Aber sie ist wohl noch mit ihrem Blog beschäftigt.«

»Genau darüber wollte ich mit ihr sprechen! Sie muss unbedingt etwas über unseren Neuzugang, diesen wunderschönen Rappen, schreiben«, sagte Frau Blankewitz. »Bea ist so eifrig und fleißig! Sie ist wirklich ein Goldschatz!«

»Tja, heute wäre es mir lieber, sie wäre etwas weniger fleißig«, erwiderte Leo. »Wir wollten eigentlich etwas zusammen unternehmen. Es ist der letzte Tag der Sommerferien!«

»Na ja«, sagte Frau Blankewitz, und in ihrer Stimme schwang leichter Tadel. »Man kann eben nicht immer an das eigene Vergnügen denken. Man muss auch etwas für die Gemeinschaft tun, dazu beitragen, dass die Welt ein kleines bisschen besser wird.«

Das saß. Leo hatte es die Sprache verschlagen. »Ganz meine Meinung«, stieß sie schließlich hervor.

Aber Frau Blankewitz war noch nicht fertig.

»Bei Richard«, fuhr sie fort, »haben wir immer großen Wert darauf gelegt, dass er soziale Verantwortung übernimmt. Seit drei Jahren geht er mit unserem Zwergkaninchen regelmäßig ins Altersheim!«

Leo machte große Augen. »Wie alt ist denn das Kaninchen?«, fragte sie verwirrt.

»Es geht nicht um das Kaninchen, sondern um die Menschen«, erwiderte Frau Blankewitz. »So ein Tier tut den alten Leuten gut!«

»Ach so.« Leo musste sich ein Lachen verkneifen. »Und was macht er da genau – im Altersheim?«

»Das fragst du ihn am besten selbst«, sagte Frau Blankewitz. »Er muss sich hier irgendwo herumtreiben.«

Das war endlich mal eine gute Nachricht. Richard war hier! Im Krankenhaus hatte Leo viel an ihn gedacht – wenn sie in Gedanken nicht gerade bei Hope gewesen war.

Als er gesagt hatte, er fände es schade, wenn sie nach

Sylt ziehen würde, hatte ihr Herz einen kleinen, verrückten Sprung gemacht. Das war ein seltsames Gefühl gewesen. In der letzten Woche hatte er sie sogar zweimal im Krankenhaus besucht, und jedes Mal war Leo traurig gewesen, als er wieder ging.

Aber warum war Richard heute hier? Wegen der Pferde war er sicher nicht gekommen. Richard konnte zwar gut reiten, aber es machte ihm keinen besonderen Spaß.

Leo wollte sich nun so schnell wie möglich von Frau Blankewitz verabschieden. »Bis später dann«, sagte sie und brachte Hope zur Koppel.

Anschließend machte sie sich mit klopfendem Herzen auf die Suche nach Richard. Aber er war weder auf der großen Freitreppe, auf der er gerne saß, noch im Büro. Dort hockten nur Angelika und Richards Vater über dicken Aktenordnern und steckten die Köpfe zusammen. Rasch schloss Leo wieder die Tür. Schließlich fand sie ihn in der Küche, wo er sich gerade einen Tee aufbrühte.

»Kaum dem Tod von der Schippe gesprungen und schon wieder bei Hope?«, begrüßte er sie in seiner gewohnt spöttelnden Art. Sein Lächeln jedoch war warm.

Auch Leo lächelte. »So schlimm war es ja gar nicht«, winkte sie ab.

»Du hast hier auf jeden Fall gefehlt«, sagte Richard, und Leo spürte, wie ihre Wangen zu glühen begannen.

»Gut, dass du jetzt wieder da bist, hier ist nämlich einiges los!«

Richard hatte anscheinend gute Laune und war fast schon aufgekratzt. Leo wunderte sich. So kannte sie ihn gar nicht.

»Hast du schon von Angelikas Beförderung gehört?«, fragte Richard. »Wahrscheinlich werden auch zwei neue Trainer eingestellt.«

»Gleich zwei?«, fragte Leo erstaunt.

»Wir haben auch einen großartigen Neuzugang«, erzählte Richard gleich weiter, ohne auf ihre Frage einzugehen.

»Der Rappe!«, sagte Leo.

»Du meinst: Karim! Ein Vollblutaraber! Er ist hier seit Neuestem als Pensionspferd eingestellt.«

Leo lachte. »Ich dachte, du interessierst dich nicht für Pferde!«

Richards Blick ging plötzlich in eine unbestimmte Ferne. »Ach, vielleicht sollte ich doch mal wieder reiten«, überlegte er laut.

Leo sah Richard an. »Was ist denn mit dir passiert?«

In diesem Moment öffnete sich die Tür und ein Mädchen trat ein. Sie war etwas älter als Leo und bildhübsch. Ihre offenen, leicht gewellten kastanienbraunen Haare reichten ihr bis zur Hüfte. Als Kontrast zu ihrer zierlichen Erscheinung trug sie Armeestiefel und eine Jacke mit Tarnmuster.

Es war das Mädchen, das gestern den schwarzen Wallach geritten hatte. Sie schien etwas außer Atem, als wäre sie gerannt.

»Richard, mein Vater kommt jeden Moment mit Cleo und Cäsar. Kannst du uns helfen?«, fragte sie hastig, ohne Leo zu bemerken.

Über Richards Gesicht huschte ein strahlendes Lächeln. »Ja, klar«, sagte er sofort. Mit einem Nicken verabschiedete er sich von Leo. Und schon war er mit dem Mädchen verschwunden.

Leo spürte ein eisiges Gefühl im Magen, das sich in ihrem Bauch, den Brustkorb hinauf bis zu ihrem Herzen ausbreitete. Leo wurde klar: Mit dem großartigen Neuzugang hatte Richard gar nicht Karim gemeint!

6. Kapitel

Mit weichen Knien verließ Leo das Gutshaus. Sie spürte, wie die Tränen in ihr aufstiegen. Sie blieb stehen und drückte sich die Handflächen gegen die heißen Augen. Nach einigen Sekunden ging es besser. Als sie wieder aufsah, fuhr ein Geländewagen mit Pferdeanhänger auf den Hof und steuerte Richtung Stall. Vor der Stalltür entdeckte sie Richard und das Mädchen. Beide waren in ein angeregtes Gespräch vertieft. Rasch sah Leo weg. Richard sollte nicht denken, dass sie ihn beobachtete. Den Blick starr auf den Boden gerichtet, schlug Leo den Weg zur Koppel ein. Dort war Hope. Bei ihr wusste sie, woran sie war. Hope würde immer für sie da sein.

Zu ihrer Erleichterung entdeckte sie in der Ferne am Koppeltor Bea. Endlich! Leider stand neben ihr nicht nur Rosi, sondern auch Frau Blankewitz. Leo sah, wie Richards Mutter Bea etwas wortreich erklärte, wahrscheinlich ging es um den Blog.

Als Leo die beiden erreicht hatte, unterbrachen sie

das Gespräch. Leo konnte nicht anders: Sie fiel ihrer Freundin um den Hals, so als hätten sie sich wochenlang nicht gesehen – und nicht erst heute früh.

In diesem Moment reckte Rosi ihren Kopf weit über den Zaun, um auch ein paar Streicheleinheiten von Leo zu erhaschen. Aber wie aus dem Nichts stand plötzlich Hope neben der kleinen Ponystute und schob sie energisch zur Seite. Obwohl Leo dies unhöflich erschien, bescherte es ihr auch ein befriedigendes Gefühl. Hope war eifersüchtig! Sie wollte nicht, dass ein anderes Pferd Leos Nähe suchte! Strahlend tätschelte sie Hopes Nase.

Da Frau Blankewitz merkte, dass ihr Gespräch mit Bea wohl zu Ende war, verabschiedete sie sich. »Also, wenn du in den nächsten Tagen mal Zeit hast, würde ich mich freuen«, sagte sie.

»Klar, mach ich!«, erwiderte Bea und gab Richards Mutter die Hand.

Endlich stöckelte Frau Blankewitz Richtung Gutshaus davon.

Leo ahnte, dass die Unterhaltung zwischen den beiden wohl mit dem neuen Pferd zu tun hatte.

»Es ging um Karim, nicht wahr?«, fragte sie.

»Frau Blankewitz möchte unbedingt, dass ich ihn zeichne«, antwortete Bea.

»Und kennst du auch schon das Mädchen, das zu Karim gehört?«, fragte Leo vorsichtig.

»Lara? Ist sie hier? Hast du sie schon kennengelernt?«, sprudelte es aus Bea hervor.

»Nicht direkt kennengelernt«, murmelte Leo.

»Stell dir vor, sie hat mit ihren Eltern in Spanien und Portugal gelebt. Aber seit drei Jahren sind sie wieder in Deutschland. Das Irrste aber ist: Der Wallach gehört ihr ganz allein. Sie kennt sich megagut mit Pferden aus. Ihre Eltern hatten in Spanien ein Gestüt mit zwanzig Pferden, sie ist quasi mit Pferden aufgewachsen.«

Bea konnte sich vor Aufregung kaum bremsen, und Leo bereute es, überhaupt gefragt zu haben. Ein eigenes Pferd! Aufgewachsen auf einem Gestüt! Pferdeexpertin! Jedes einzelne Wort verursachte ihr einen Stich.

»Ähm, ja, das klingt alles ganz toll«, versuchte Leo das Thema zu beenden.

»Aber jetzt haben sie nur noch Karim, weil sie wieder in Deutschland wohnen, in Moosebach!«, fuhr Bea unbeirrt fort.

Das wunderte Leo. Die kleine Stadt lag gut eine halbe Autostunde entfernt. Sehr wahrscheinlich gab es mehr als zwei andere Höfe, die näher als der Moorauehof lagen.

»Wie sind sie denn ausgerechnet auf uns gekommen?«, fragte sie.

»Lara hat die Doku gesehen und darauf bestanden, dass Karim hierherkommt«, erklärte Bea. »Sie liebt

Pferde mehr als alles auf der Welt! Deshalb kam nur unser Hof infrage!«

Leo seufzte. Nun hatte sie also selbst dafür gesorgt, dass Richard und Lara sich kennengelernt hatten. Sie fühlte wieder Tränen aufsteigen – und eine tiefe Abneigung gegen Lara! Als ihr dies bewusst wurde, fühlte sie sich doppelt schlecht. Denn sie ahnte, dass ihre Gefühle ungerecht waren. Aber trotzdem konnte sie nicht anders.

»Eben ist noch ein Pferdeanhänger gekommen«, sagte Leo. »Ich glaube, der gehört auch zu Lara.«

»Was? Er ist schon da? Das ist ja cool«, rief Bea und strahlte über das ganze Gesicht. »Frau Blankewitz hat es mir eben erzählt: Es kommen nämlich noch zwei außergewöhnliche Pensionsgäste!«

»Noch mehr Pferde?«, wunderte sich Leo.

»Lass dich überraschen.« Bea lachte und zog Leo vergnügt mit sich zum Stall.

7. Kapitel

Als sie das Stallgebäude betraten, hoffte Leo für einen Moment, dass Richard und Lara schon wieder weg sein würden. Drinnen war es mucksmäuschenstill. Doch als sie um die Ecke sah, entdeckte sie die beiden. Sie standen dicht nebeneinander am hinteren Ausgang. Leo blieb unwillkürlich stehen, am liebsten hätte sie auf der Stelle kehrtgemacht. Aber Bea zog sie energisch weiter. Leo folgte ihr widerstrebend. Auf keinen Fall wollte sie in eine Händchenhalten-Situation oder dergleichen platzen. Doch beim Näherkommen bemerkte sie, dass es den beiden gar nicht um die Zweisamkeit ging. Ihre verzückten Blicke waren auf den kleinen Verschlag gerichtet, in dem sich die Neuankömmlinge befanden. Endlich konnte auch Leo einen Blick hinter die halbhohe Wand werfen.

Was sie sah, verschlug ihr für einen Moment die Sprache! Statt einem Pferd standen dort zwei vierbeinige, äußerst flauschige Wesen mit langen Hälsen, ein dunkles und ein helles, und sahen sie aus tellergroßen, schwarz glänzenden Augen an. Die Tierchen wirkten genauso verdutzt wie Leo.

»Sind das etwa Lamas?«, fragte Leo schließlich.

»Nein, so ähnlich: Alpakas«, flüsterte Bea ehrfurchtsvoll.

Leo sah zu, wie das helle Alpaka sich in Bewegung setzte und gemächlich zu Richard spazierte. Richard nahm ein Büschel Heu und hielt es dem Tier hin. Das Alpaka beschnupperte ausgiebig seinen Arm, seine Hand, schließlich das Heu. Dann zog es zart – und irgendwie mehr höflichkeitshalber, wie Leo schien – mit seinem Maul einen einzelnen Halm aus dem Büschel, um ihn gemächlich zu knabbern.

Auch das dunklere Tier begann seine Umgebung zu erkunden. Es schlenderte erst nach links, dann nach rechts. In respektvoller Distanz blieb es schließlich vor Leo stehen. Leo machte einen zaghaften Schritt nach vorn, streckte den Arm aus und betastete vorsichtig sein Fell. »So flauschig!«, flüsterte sie Bea zu. Auch ihre Freundin tastete nun sanft nach dem Tier. Als ihre Fingerspitzen über das Alpakafell fuhren, quiekte sie vor Freude. »Wie eine Babykatze!«, rief sie.

Unvermittelt stimmte das Tier ein zufriedenes Summen an – ein Laut, wie Leo ihn noch nie gehört hatte. Überhaupt kamen die beiden ihr wie wollige Außerirdische vor – Wesen von fernen Planeten, die neugierig und voller Wohlwollen die Erde erkundeten. Sie hatten eine so sanfte, kluge und bezaubernde Ausstrahlung, dass alle Sorgen und Probleme für einige Augenblicke vollständig in den Hintergrund traten. Doch dann wurde Leo unvermittelt aus ihrer wohltuenden Weltvergessenheit gerissen. Lara stand neben ihr. Leo fuhr vor Schreck zusammen.

»Tut mir leid, dass ich mich vorhin gar nicht vorgestellt habe«, sagte sie. »Aber ich war so aufgeregt wegen Caesar und Cleo.«

»Ist schon okay«, erwiderte Leo hastig.

»Also, ich bin Lara Biskitt«, sagte Lara und hielt Leo die Hand hin.

»Ich bin Leo, Leo Pollinger.« Kaum hatte Leo Laras Hand ergriffen, da ließ sie sie auch schon wieder los. Nervös spähte sie Richtung Ausgang.

»Ich weiß, ich habe dich im Fernsehen gesehen. Das war toll, was du da mit deinem Pferd gezeigt hast!«

Leo hatte das Gefühl, rot anzulaufen. Entsetzt sah sie zu Boden. Dass Lara sie lobte, machte die ganze Situation nur noch schlimmer.

Zum Glück betrat im nächsten Moment Laras Vater den Stall und lenkte alle Aufmerksamkeit auf sich. Er war etwa so alt wie Herr Blankewitz. Aber im Gegensatz zu Richards Vater war er auffallend lässig gekleidet. Er trug ausgewaschene Bermudashorts, ein labbriges T-Shirt und Flip-Flops. Sein graues Haar hatte er zu einem losen Zopf im Nacken gebunden. Als er Lara und Richard entdeckte, rief er: »Hey Folks, bin wieder da!« Dann schlenderte er auf Leo und Bea zu und reichte ihnen die Hand. »Ich bin übrigens der Bernd.«

Leo sah aus den Augenwinkeln, wie Bea Herrn Biskitt ungläubig anstarrte. Vermutlich hatte sie sich den ehemaligen Besitzer eines Gestüts anders vorgestellt.

Aber Bea brauchte nur wenige Sekunden, um sich wieder zu fassen und Herrn Biskitt mit Fragen zu bestürmen.

»Werden sich die Alpakas die Koppel mit den Pferden teilen?«, wollte sie wissen und fuhr gleich fort: »Und ist das nicht viel zu kalt für sie? Vertragen sie auch das Pferdefutter oder werden sie davon krank?«

Laras Vater hörte sich, tiefenentspannt an einen Pfeiler gelehnt, Beas Fragen an. »Sie haben kein Problem mit dem Wetter und eigentlich könnten sie ganz easy miteinander chillen. Aber wenn Cleo oder Caesar einen Huf abbekommmen, wäre das vielleicht doch zu heavy für sie«, antwortete er.

»Ich habe schon ein Stück Wiese für die beiden eingezäunt«, mischte sich Richard ein. »Wollen wir sie jetzt rauslassen?«

»Klaro«, sagte Herr Biskitt und klopfte Richard auf die Schulter.

Leo wollte auf keinen Fall auch noch Richard und Lara zur Wiese begleiten. Deshalb ergriff sie die Gelegenheit, unauffällig zu türmen. »Komm, wir wollten doch zu Hope und Rosi«, sagte sie zu Bea. Ihre Stimme klang etwas zu laut, so als stünde sie auf einer Bühne. Energisch zog sie ihre Freundin am T-Shirt aus dem Stall.

»Aber ich wollte unbedingt noch wissen, was Caesar und Cleopatra zu fressen bekommen«, beschwerte sich Bea, als sie über den Gutshof liefen.

»Das kannst du auch später noch fragen«, sagte Leo knapp. Sie wollte nur noch weg. Als sie Angelika vor dem Gutshaus stehen sah, hastete sie auf sie zu. Die Pferdetrainerin hatte eine dampfende Tasse Kaffee in der Hand und hielt ihr Gesicht nach oben, um die schwächlichen Sonnenstrahlen zu erhaschen.

»Angelika!«, rief Leo und stürmte mit Bea auf sie zu.

Die Pferdetrainerin senkte den Kopf. Sie schien einen Moment zu brauchen, um im Hier und Jetzt anzukommen.

»Hey, was gibt's denn?«, fragte sie schließlich und lächelte matt. Leo bemerkte gar nicht, wie müde Angelika aussah. Sie war viel zu sehr auf sich selbst konzentriert und bedrängte die Trainerin sogleich mit einer Bitte: »Ich würde gerne weiter daran arbeiten, dass Hope ihre Furcht vor dem Springen verliert. Dazu bräuchte ich dringend deine Hilfe! Hast du demnächst Zeit für uns?«

Angelika seufzte und sah Leo aus müden Augen an. Dann schüttelte sie den Kopf. »Erst wenn ich mich durch das ganze Zettelzeug gearbeitet habe«, erwiderte sie.

»Oh, Mist! Ist das wirklich so viel Arbeit?«, fragte Leo erschrocken.

Angelika nickte. »Ich weiß noch nicht genau, worauf ich mich da eingelassen habe«, sagte sie gedankenverloren.

»Okay, dann warte ich noch«, sagte Leo. Es war ihr plötzlich unangenehm, überhaupt gefragt zu haben.

»Geh doch zu Lara«, schlug Angelika jetzt zu Leos Bestürzung vor. »Sie ist zwar noch sehr jung, hat aber bereits eine Lizenz für Freiheitsdressur.«

Leo atmete schwer aus. Auch das noch. Hatte sich denn heute alles gegen sie verschworen? Für sie war absolut klar, dass sie Lara niemals um Hilfe bitten würde.

Dafür war aber Bea sofort Feuer und Flamme. »Wahnsinn! Was Lara alles kann! Wir werden sie unbedingt fragen!«

8. Kapitel

Während Leo und Bea zur Koppel gingen, überlegte Leo für einen Moment, ob sie ihrer Freundin erzählen sollte, warum sie von Lara lieber keine Hilfe annehmen wollte. Aber dann schwieg sie doch. Sie kam sich plötzlich kleinlich vor. Bea war immer so aufgeschlossen und positiv allen Menschen, Tieren und Dingen gegenüber. Manchmal wünschte Leo sich, mehr wie ihre Freundin zu sein. Obwohl es ihr schwerfiel, beschloss sie, ihre negativen Gefühle erst einmal für sich zu behalten. Schließlich war heute der letzte Sonntagnachmittag der Ferien, und den wollte sie mit Bea, Rosi und Hope genießen.

Allerdings würde sie es heute etwas ruhiger angehen lassen. Der gestrige Ausritt hatte sie ziemlich angestrengt und einen ordentlichen Muskelkater hinterlassen. Außerdem durfte Bea, die keine so gute Reiterin war, nicht mit Rosi ins Gelände. Also beschlossen die beiden, mit Hope und Rosi in einem großen Bogen über die Felder spazieren zu gehen. Bewegung ohne das Gewicht des Reiters tat Pferden besonders gut. Sie zogen Rosi und Hope die Halfter über und hakten die Führstricke ein. Zu viert verließen sie den Hof. Der Himmel war strahlend blau, über die Felder fegte ein frischer Wind. Der Tag sollte jetzt nur Hope, Rosi, Bea und ihr gehören!

Aber Bea machte ihr einen Strich durch die Rechnung.

»Wie findest du eigentlich Laras Vater?« fragte sie, nachdem sie eine Weile gegangen waren.

Statt einer Antwort zuckte Leo nur mit den Schultern.

»Frau Blankewitz hat erzählt, dass die Biskitts eine Computererfindung gemacht haben und nie wieder arbeiten müssen«, sagte Bea.

Leo seufzte und legte einen Schritt zu. Sie hatte keine Lust, auf das Thema einzugehen. Genau da machte Rosi unvermittelt einen Satz zur Seite, als ein Fasan neben ihr aufflog. Obwohl Bea wusste, dass sie den Führstrick niemals um die Hand wickeln durfte, hatte sie es in Gedanken doch getan. Der sich mit einem Ruck straffende Strick riss sie grob von den Beinen. Leo ließ Hope erschrocken stehen und lief zu ihrer Freundin. Doch die hatte sich schon wieder aufgerappelt.

»Alles in Ordnung?«, fragte Leo und klopfte Bea den Staub von den Sachen.

»Nichts passiert«, versicherte Bea und wandte sich zu Rosi.

»Der Fasan tut dir doch nichts. Der hat sich bestimmt mehr erschrocken als du«, schimpfte sie zärtlich. »Das war jetzt echt ein bisschen – heavy.« Das letzte Wort betonte sie wie Herr Biskitt. Laras Vater ließ sie offenbar nicht los.

»Okay, dieser Herr Biskitt scheint dich echt zu beschäftigen«, gab Leo ihren Widerstand auf.

»Das ist doch auch ein merkwürdiger Typ«, erklärte Bea. »Nur Richard scheint ihn toll zu finden. Hast du gesehen, wie er ihn angeguckt hat? Als ob er ihn sofort gegen seinen Vater eintauschen würde!«

Leo nickte. Auch ihr waren Richards bewundernde Blicke aufgefallen. Leo wusste, dass Herr Blankewitz seinem Sohn mit seinen altmodische Ansichten und seiner Strenge oft auf den Wecker ging. Laras Vater hingegen war so ziemlich das Gegenteil von Herrn Blankewitz, unverkrampft und kumpelig.

»Also ich hätte tausendmal lieber Herrn Blankewitz als diesen komischen Biskitt als Vater«, stellte Bea fest. »Und du?«

»Ich nicht« sagte Leo. »Aber manchmal hätte ich gerne überhaupt einen Vater.«

Bea sah Leo erschrocken an. Sie hatte gemerkt, dass sie in ein Fettnäpfchen getreten war. »Tut mir leid, ich wollte nicht …«

Aber Leo winkte ab. »Schon gut. Meine Mutter macht in der Regel den Job für beide hundertprozentig gut.«

Allerdings war heute offenbar nicht die Regel, musste Leo feststellen, als sie am frühen Abend die Wohnungstür aufschloss: Sie war nach dem langen Nachmittag auf Mooraue noch vor ihrer Mutter zu Hause. Die neue Arbeitswut ihrer Mutter war schon erstaunlich. Normalerweise stand um diese Uhrzeit das frisch gekochte Abendessen auf dem Tisch. Aber Leo fiel es nicht schwer, darauf zu verzichten. Sie machte sich ein Stück Pizza vom Vortag warm und setzte sich dann an den Computer, um nach Informationen über Alpakas zu suchen. Sie erfuhr, dass die Tiere aus Peru stammten und dort schon seit Tausenden Jahren wegen ihrer Wolle gehalten wurden. Weil sie kranken Menschen guttaten, wurden sie in Deutschland auch zur Therapie eingesetzt. Offenbar halfen sie durch ihre friedfertige Art, Stress abzubauen.

Gerade als Leo weiterlesen wollte, klingelte das Telefon. Das war merkwürdig, denn es riefen nur selten Leute auf dem Festnetztelefon an. Leo beschloss, das Läuten zu ignorieren. Doch der Anrufer war hartnäckig. Also stand sie auf, um nachzuschauen, wer dran war. Aber die Nummer des Anrufers wurde nicht angezeigt. In dem Moment, als Leo nach dem Hörer greifen wollte, endete das Klingeln abrupt. Seufzend setzte Leo sich wieder an den Computer. Kaum eine Minute später schloss ihre Mutter die Wohnungstür auf.

Leo sprang auf und wollte sie begrüßen. Doch noch

bevor sie den Flur erreichte, klingelte wieder das Telefon. Eva Pollinger, die gerade Schuhe und Jacke auszog, rief: »Kannst du mal rangehen, Leo?«

Also machte sie auf dem Absatz kehrt und lief zum Telefon. Auch diesmal wurde keine Nummer angezeigt. »Hallo, hier Pollinger«, meldete Leo sich. Aber niemand antwortete. »Hallo?«, fragte sie noch einmal. Als immer noch Stille am anderen Ende herrschte, legte sie auf.

»Wer war denn dran?«, fragte Leos Mutter, als sie ins Wohnzimmer kam.

Leo zuckte mit den Schultern. »Offenbar niemand«, sagte sie.

9. Kapitel

Leo war ein bisschen nervös, als sie den Klassenraum betrat. Es war das erste Mal, dass sie Charlene nach der Mooraue-Rallye begegnete. Aber zum Glück schien Charlene entschlossen, Leo wie Luft zu behandeln. Als sie ganz vorne Platz nahm, wie immer umringt von ihren Freundinnen, würdigte sie Leo keines Blickes. Das war Leo nur recht. Sie wollte nichts – im Guten wie im Schlechten – mit ihr zu tun haben.

Zum Glück zählten auch Tessa und Bibi nicht mehr zu Charlenes Fanclub. Sie setzten sich zwei Reihen nach hinten und winkten Leo und Bea zur Begrüßung zu.

Es hatte sich schon herumgesprochen, dass sie mit dem neuen Schuljahr auch einen neuen Klassenlehrer bekommen sollten, und noch bevor Leo sich setzen konnte, betrat er auch schon den Raum.

Er war klein, mit schütterem grauem Haar, und trug einen braunen Anzug und Brille. An seinen verkniffenen Mundwinkeln erkannte Leo sofort, dass mit ihm nicht gut Kirschen essen war. Ohne sie eines Blickes zu würdigen, stapfte er direkt zur Tafel und schrieb ein Wort: »Kleinlich.«

Erst dann drehte er sich um. »Guten Morgen, alle zusammen. Das ist mein Name: Kleinlich.«

Obwohl Leos Mitschüler normalerweise auch über den müdesten Witz kicherten, waren diesmal alle mucksmäuschenstill. Niemand wagte zu lachen.

»Ich bin euer neuer Lehrer und unterrichte Mathematik und Erdkunde«, fuhr Herr Kleinlich fort.

Irgendwo aus der mittleren Reihe waren nun doch ein leises Seufzen und Gemurmel zu hören. Herr Kleinlich warf stirnrunzelnd einen Blick in diese Richtung. Dann fuhr er fort: »Lasst mich das zum Anlass nehmen, euch ein paar Worte mit auf den Weg zu geben. Denn wie ihr alle wisst – ab heute beginnt der Ernst des Lebens. Die nächsten Jahre werden endscheidend für eure berufliche Zukunft sein!« Herr Kleinlich sah sich in der Klasse um. Dann zeigte er auf Tessa: »Was möchtest du einmal werden?«

Tessa schrak auf. Mit so einer Frage hatte sie nicht gerechnet, vor allem nicht am ersten Schultag nach den Ferien! Sie sank tiefer in ihren Stuhl. Unsicher sah sie zu Bibi. Dann zuckte sie mit den Schultern. »Ich weiß nicht«, sagte sie hilflos.

Herrn Kleinlichs Augen verengten sich zu schmalen Schlitzen. Leo konnte förmlich spüren, wie er sich

Tessas Gesicht einprägte, um sie für immer und ewig als »hoffnungslosen Fall« abzuspeichern. Sie war froh, dass er nicht sie gefragt hatte. Seit sie nicht mehr auf dem Internat war, hatte sie sich über ihre Berufswahl nicht den klitzekleinsten Gedanken gemacht.

Herr Kleinlich riss seinen Blick von Tessa los und sah sich in der letzten Reihe um. Sein Blick fiel auf Bea. »Und du? Hast du Berufspläne?«, fragte er streng.

Wie aus der Pistole geschossen antwortete Bea: »Ich werde Reporterin!«

Herr Kleinlich nickte befriedigt. »Na bitte, geht doch.« Dann holte er tief Luft, und Leo ahnte, dass nun erst der Hauptteil seines Vortrags kommen würde.

»Der Berufswunsch alleine reicht allerdings nicht, vom Wünschen kommt nichts«, sagte Herr Kleinlich und legte eine Kunstpause ein. »Das Wichtigste ist: Ihr müsst arbeiten, arbeiten, arbeiten! Denn euch muss klar sein: Es gibt immer jemanden, der besser ist als ihr!«

Leo hätte am liebsten mit den Augen gerollt. Diese Art von Sprüchen kannte sie aus ihrer Zeit im Sportinternat noch zu gut. Doch heute ließ sie sich davon nicht mehr unter Druck setzen. Natürlich musste man sich für seine Ziele anstrengen. Aber was nützte es einem schon, immer die Beste zu sein, wenn man ansonsten im Leben nicht glücklich war?

Bea schien Kleinlichs Worte jedoch ernster zu nehmen. Leo sah, wie sie das Wort »Arbeit« in ihr Notizheft schrieb und zweimal unterstrich.

Leo war direkt froh, als sie endlich das Mathematikbuch aufschlagen durften. Das war immer noch besser als weitere Appelle an ihr Leistungsdenken. Am besten aber war, als es endlich zur Pause klingelte.

Bibi und Tessa kamen sofort zu ihr und Bea nach hinten.

»Hey, das sind ja kleinliche Aussichten, oder?«, sagte Leo zur Begrüßung.

Bibi winkte ab. »Ach, ich habe gar nicht zugehört«, sagte sie und grinste.

Tessa hingegen seufzte. »Blöd ist nur, dass meine Eltern die ganze Zeit genau das Gleiche sagen. Seit Jahren!«

»Aber es gibt auch tolle Nachrichten«, versuchte Bibi rasch das Thema zu wechseln. »Unsere Eltern haben endlich eingesehen, dass Paula und Rodin auf dem Moorauehof am besten aufgehoben sind!«

»Wow, super«, freute sich Bea.

Und auch Tessa lächelte schon wieder. »So bald wie möglich stellen wir sie bei euch im Stall ein!«, verkündete sie.

»Wo waren eure Pferde denn in den letzten Wochen?«, erkundigte sich Bea.

»In Schönholz. Die sagen da zwar, dass sie pferdefreundlich wären, aber im Grunde ist es ein ganz gewöhnlicher Pferdehof mit engen Boxen und viel zu wenig Auslauf«, erzählte Bibi.

»Die Leute sind auch nur so mittelnett gewesen, bis auf diesen jungen Typ, Kai heißt der.«

»Der war echt toll«, fiel ihr Tessa mit strahlenden Augen ins Wort.

»Er hat sich auch dauernd mit Charlene gestritten«, ergänzte Bibi.

»Charlene hat Trinity auch in Schönholz eingestellt?« Bea guckte verwundert.

»Ja, aber wir haben nicht mehr mit ihr gesprochen, seit sie Hope beinahe vergiftet hat«, erklärte Bibi.

»Die kann uns echt gestohlen bleiben.« Tessa nickte bekräftigend.

Leo lief ein kalter Schauer über den Rücken, als sie an den Vorfall nach der Mooraue-Rally zurückdachte. Daran, wie sie in den Stall geeilt war und wie Hope ihr mit Schaum vor dem Mund auf schwachen Beinen entgegengetaumelt war. Damals hatte Leo zum ersten Mal Angst gehabt, ihre geliebte Stute für immer zu verlieren, denn Koliken waren eine ernste Sache bei Pferden. Und das alles nur, weil Charlene aus Wut auf Leo ihren Siegerstrauß in Hopes Box geworfen hatte!

Leos Blick fiel wieder auf die Tafel, an die Herr Kleinlich seinen Namen geschrieben hatte. Ob ihm wohl bewusst war, wohin zu viel Ehrgeiz führen konnte?

Der weitere Schultag zog sich in die Länge. Kein Lehrer nahm darauf Rücksicht, dass sich die Schüler nach den Ferien erst wieder an den Unterricht gewöhnen mussten. Ohne Umschweife starteten sie gleich mit einem vollen Programm. Nach der sechsten Stunde fühlte sich Leo, als hätte sie überhaupt keine Ferien gehabt.

Müde ging sie mit Bea zur Bushaltestelle.

»Guck mal, da winkt jemand«, sagte Bea. »Ich glaube, er möchte, dass wir zu ihm kommen.«

Leos Blick folgte dem ausgestreckten Zeigefinger ihrer Freundin. Ihr klappte fast die Kinnlade herunter. An der Ecke stand der Mann, den sie schon am Moorauehof getroffen hatte, der mit der großen Lücke zwischen den Schneidezähnen. Nur dass er diesmal keine Jeans trug, sondern einen teuren Anzug. Unter seinem Arm klemmte eine Aktentasche. Hatte er hier auf sie gewartet? Leo begann sich unwohl zu fühlen. So nett und sympathisch der Mann auch wirkte – spätestens jetzt stand für sie fest, dass er ziemlich seltsam war.

»Am besten nicht hinsehen«, zischte sie. »Der hat mich schon mal angesprochen.«

Sie drehten dem Mann den Rücken zu. Doch es half nichts. Im nächsten Moment stand er plötzlich hinter ihnen und tippte Leo auf die Schulter. »Warte, ich muss unbedingt mit dir reden!« Leo drehte sich erschrocken zu ihm um. »He, was soll das?« Abwehrend hob sie die Hände.

»Es ist wirklich wichtig«, beharrte der Mann.

»Ich kenne Sie doch gar nicht! Gehen Sie weg!«, rief Leo und wich zurück.

Der Mann ließ die Schultern hängen und seufzte tief. »Das stimmt nicht«, sagte er. »Es mag verwirrend klingen, aber du kennst mich! Sehr gut sogar!«

Leo sah sich Hilfe suchend um. Der Mann hatte offensichtlich nicht mehr alle Tassen im Schrank.

»Lassen Sie mich sofort in Ruhe, oder ich rufe die Polizei«, sagte sie so entschlossen wie möglich.

Aber der Fremde ließ sich nicht abwimmeln.

»Ich bitte dich, Leo«, sagte er und hielt ihr die offenen Handflächen hin, als wolle er sich ergeben.

»Ich weiß, es klingt merkwürdig, aber – ich bin dein Vater!«

10. Kapitel

Jetzt hatte Leo genug. Der Mann war ohne Zweifel ein Verrückter. Eine andere Erklärung gab es nicht. Ihr wirklicher Vater war schon lange auf Nimmerwiedersehen aus ihrem Leben verschwunden. Wortlos machte Leo auf dem Absatz kehrt und zog Bea mit sich. Statt an der Bushaltestelle zu warten, schlug sie den Weg zur nächsten Station ein. Hauptsache weg!

Bea war fast noch verängstigter als Leo. »Was ist denn mit dem los?«, fragte sie mit zittriger Stimme.

»Der hat mich im Fernsehen gesehen und hält mich jetzt für seine Tochter«, erklärte Leo und legte noch einen Schritt zu. Erst als sie die nächste Station erreicht hatten, atmete sie auf. Zum Glück kam gerade der Bus und brachte sie nach Hause. Vor Leos Haustür verabschiedeten sie sich.

»Das musst du deiner Mutter erzählen«, sagte Bea.

»Auf jeden Fall«, versicherte Leo.

Bea nickte. »Okay. Treffen wir uns trotzdem um vier Uhr und gehen zum Hof?«

»Denke schon«, sagte Leo und schloss die Haustür auf. »Sofern mich nicht der irre Stalker entführt …«

»Sehr komisch«, sagte Bea und verzog das Gesicht. Dann machte sie sich auf den Weg.

Leo schloss sorgfältig die Tür hinter sich. Ihr war mulmig zumute. Sie holte sich eine Limonade aus dem Kühlschrank und versuchte, sich zu beruhigen. Trotzdem ging ihr der Mann nicht aus dem Kopf. Wie kam er nur auf die verrückte Idee, sich als ihr Vater auszugeben?

Leo erinnerte sich kaum an ihren Vater. Sie wusste auch nicht mehr, wie er ausgesehen hatte. In ihrem Kopf waren nur verschwommene Bilder, eine massige Gestalt, die ihr am Bett Geschichten vorlas, sie auf dem Fahrrad mit den Stützrädern über die Straße schob, jemand Großes, Kräftiges, der sie auf den Schultern trug.

Früher hatte sie sich noch an sein Gesicht erinnern können, und sie hatte lange versucht, dieses Bild in ihrem Inneren zu bewahren. Doch über die Jahre war es mehr und mehr verblasst.

Alles, was sie von ihrem Vater wusste, hatte sie von ihrer Mutter. Er hatte die Familie verlassen, als sie vier Jahre alt gewesen war. Obwohl er Eva Pollinger auf hohen Schulden sitzen ließ, hatte diese ihm viele Jahre hinterhergetrauert. Er war die Liebe ihres Lebens, wie sie immer wieder erzählt hatte. Lange Zeit hatte Eva Pollinger gehofft, dass Leos Vater zurückkommen würde. Erst in den letzten ein oder zwei Jahren war es besser geworden.

Leo ging ins Wohnzimmer zu der großen Anrichte und öffnete die Schublade mit den Fotoalben.

Leo im Kleid auf dem Eis. Leo mit Pokal. Leo mit einem anderen Pokal, strahlend. Urlaub an der Ostsee mit ihrer Mutter. Leo bei der Einschulung mit Schultüte.

Es war, als würde sie in ein früheres Leben blicken. Doch nirgends war ein Foto, das ihren Vater zeigte. Ihre Mutter musste sie alle vernichtet haben.

Leo zog nach und nach alle Alben aus der Schublade.

Schließlich fand sie im letzten zwischen den Seiten einen kleinen Briefumschlag. Darin waren drei zerknickte Fotos. Das erste zeigte einen jungen Mann in Jeans und Lederjacke, der vor einem Auto posierte. Das zweite Leos Mutter als junge Frau im Krankenhausbett, wie sie erschöpft lächelnd einen winzigen Säugling im Arm hielt. Neben ihr saß der Mann vom ersten Foto, er hatte stolz seinen Arm um ihre Schulter gelegt. Leo sah genau hin. Das also war ihr Vater. Ein hochgewachsener Mann mit dunklen Locken.

Auf dem letzten Bild war Leo als ungefähr Zweijährige zu sehen. Sie saß auf einer Schaukel. Der Mann mit den dunklen Locken schob sie lachend an. Leo stutzte. Rasch stand sie auf, ging zum Fenster, um es bei Tageslicht genauer zu betrachten. Der Mann auf dem Foto lachte. Er hatte eine sichtbare Lücke zwischen seinen Schneidezähnen. Leo wurde es heiß und kalt. Auf wackeligen Beinen ging sie zum Sofa. Sie musste sich setzen. Es war eindeutig: Der Mann hatte nicht gelogen. Er war tatsächlich ihr Vater. Aber was wollte er ausgerechnet jetzt von ihr? Wo hatte er all die Jahre gesteckt?

Tausend Fragen schwirrten Leo durch den Kopf. Fragen, auf die es keine Antwort gab. Leo vergaß völlig die Zeit und alles um sich herum, erst der Schlüssel in der Wohnungstür schreckte sie auf. Sie wusste nicht, wen sie erwartet hatte, aber als ihre Mutter den Kopf ins Wohnzimmer steckte, war sie erleichtert.

»Du bist noch hier?«, fragte Eva Pollinger gut gelaunt und verschwand in der Küche. Leo hörte, wie die Kaffeemühle lautstark angeworfen wurde. Im nächsten Moment tänzelte ihre Mutter wieder ins Wohnzimmer. »Bin nur eine Sekunde da«, erklärte sie. »Ich hab gleich einen Friseurtermin.«

»Friseur?«, fragte Leo verständnislos. Sie war noch immer nicht richtig in der Gegenwart angekommen.

»Morgen habe ich ein Fotoshooting!«, erklärte Leos Mutter aufgekratzt. »Eine Idee von Herrn Blankewitz! Ich werde das Gesicht der neuen Werbekampagne. Mit Kochlöffel und Schürze in der Küche. Der Slogan ist: Quitte, bitte!« Eva Pollinger lachte hell. »Witzig, oder?«

Leo wusste nicht, was sie sagen sollte. Sie saß immer noch wie versteinert auf dem Sofa.

Verwundert sah Eva Pollinger ihre Tochter an. Erst jetzt bemerkte sie, wie blass Leo war.

»Liebling, ist irgendwas?«, fragte sie.

Statt etwas zu sagen, hob Leo ihre Hand, in der sie noch immer das Foto ihres Vaters hielt. Wortlos hielt sie es ihrer Mutter hin.

Leos Mutter wurde ernst. Aus ihrem Gesicht wich alle Farbe. Langsam setzte sie sich zu Leo aufs Sofa. »Hat er dich angesprochen?«, fragte sie.

Leo nickte.

Ihre Mutter schüttelte verärgert den Kopf. »Ich habe ihm gesagt, dass er sich fernhalten soll!« Sie knetete ihre Finger. »Vor ein, zwei Wochen hat er sich bei mir gemeldet, wollte sich treffen«, begann sie stockend. »Ich glaube, er hat die Sendung mit dir im Fernsehen gesehen. Aber ich habe Björn gesagt, dass er nach all den Jahren bleiben kann, wo der Pfeffer wächst. Und vor allem soll er dich in Ruhe lassen.«

»Daran hat er sich nicht gehalten«, fasste Leo zusammen.

»Ich frage mich nur, was er will!«, überlegte Leos Mutter laut.

Leo sah sie an. »Na, vielleicht seine Tochter kennenlernen?«

Eva Pollinger wurde noch ernster. Sie sah Leo in die Augen. »Leo, hör mir gut zu. Ich habe lange Zeit glauben wollen, dass dein Vater ein guter Mensch ist. Auch als er …« Sie stockte erneut. »Als er uns von einem Tag auf den anderen hat sitzen lassen und verschwunden ist. Aber heute weiß ich, dass Björn ein durch und durch egoistischer Mensch ist. Du solltest dich auf keinen Fall mit ihm einlassen!«

11. Kapitel

Leo fühlte sich wie vor den Kopf geschlagen. Zwar hatte ihre Mutter nie ein Geheimnis daraus gemacht, wie gemein sich ihr Vater verhalten hatte. Aber dass sie Leo jetzt sogar vor ihm warnte – das schmerzte und verwirrte sie.

Auch als Leo sich auf den Weg zu Bea machte, rumorte es immer noch in ihr, sowohl in ihrem Kopf als auch in ihrem Bauch.

Bea erkannte an Leos bedrückter Miene sofort, dass etwas geschehen sein musste.

»War der Typ wieder da?«, fragte sie.

Leo schüttelte den Kopf. »Der Typ …« Sie stockte. »Der Typ ist offenbar wirklich mein Vater.«

»Was?« Bea war fassungslos.

»Kein Zweifel. Ich weiß es von meiner Mutter.«

»Und nun? Was willst du tun?«, fragte Bea.

Leo schwieg. Sie wusste ja selbst nicht, was sie wollte. »Meine Mutter sagt, ich soll mich von ihm fernhalten«, sagte sie schließlich.

»Aber bist du nicht neugierig, wie dein Vater so ist?«, wollte Bea wissen.

»Doch, natürlich. Aber ich muss erst nachdenken.«

Bea schien zu spüren, dass sie nicht weiter nachhaken sollte. Den Rest des Weges gingen sie schweigend.

Als sie das kleine Wäldchen durchquert hatten und sich dem Hof näherten, sahen sie auf einer der weitläufigen Weiden Handwerker, die mit einer Sackkarre Bretter und Werkzeuge herbeigebracht hatten.

»Ich glaube, das soll das neue Areal für Cleo und Caesar werden«, sagte Bea. »Sie zimmern den Stall.«

Erst jetzt entdeckten sie auch Richard. Er stand mit einem Werkzeugkasten und einer Bohrmaschine bei den Männern auf der Wiese.

»Wie nett, dass er hilft! Ich wusste gar nicht, dass er so was kann«, sagte Bea und deutete auf Richard. Leo fühlte, wie sie sich unwillkürlich anspannte. Eine Welle von Traurigkeit durchpulste ihren Körper. Für Leo war sonnenklar, dass Richard mit seinem Handwerkereinsatz nur Lara beeindrucken wollte. Als Richard die Mädchen kommen sah, winkte er fröhlich. Leo senkte den Kopf, als hätte sie ihn nicht gesehen. Nur Bea winkte zurück.

Wenn nicht Hope auf sie warten würde, hätte Leo am liebsten auf der Stelle kehrtgemacht und wäre nach Hause gegangen.

Aber es kam noch schlimmer: Kaum hatten sie den

Hof betreten, sahen sie auch schon Lara über den Platz reiten. Wie gerne hätte Leo einen großen Bogen um sie gemacht! Doch Bea steuerte wie magisch angezogen auf sie zu.

Lara galoppierte über den Platz, dann wechselte sie in den Trab. Selbst Leo musste anerkennen, wie harmonisch sie und Karim miteinander waren. Selbst in diesen einfachen Lektionen funkelten Eleganz und Leichtigkeit. Als Lara die beiden Freundinnen am Gatter stehen sah, grüßte sie mit einem freundlichen Kopfnicken. Der herrliche Rappe nahm keine Notiz von den Zuschauerinnen. Wieder hatte Leo das Gefühl, Karim sei sich seiner außerordentlichen Schönheit bewusst und schaue etwas hochmütig auf sie herab.

Leo hatte genug. Sie wollte endlich zu Hope. Brüsk drehte sie sich um und stapfte weiter zu den Koppeln. Kurz bevor sie das Gatter erreichte, riss sich endlich auch Bea los und rannte ihr nach.

Hope erwartete Leo bereits und reckte ihren Hals. Selbst Rosinante schien sich vor Freude kaum einkriegen zu können. Statt wie sonst gemächlich herbeizutrotten, galoppierte sie wie wild über die Koppel und schlug dabei Haken, dass einem schon vom Zusehen schwindlig werden konnte.

»So kenne ich dich ja gar nicht!«, rief Bea der kleinen Tigerschecken-Dame lachend zu.

Auch Leos schlechte Laune war wie weggeblasen.

Zärtlich legte sie die Arme um Hope und strich ihr mit den Fingern durch die Mähne, was Hope mit einem zufriedenen Schnauben quittierte.

»Was meinst du«, wendete Leo sich an Bea, »wollen wir die beiden für einen kleinen Spaziergang fertig machen?«

»Gerne – wenn du mir hilfst, Rosi einzufangen!«

»Ach, die wird sich schon beruhigen«, grinste Leo. »Wir holen jetzt erst mal Halfter und Führstrick. Wenn sie die sieht, kommt sie von ganz alleine.«

Doch mit dieser Prognose lag Leo gründlich daneben. Kaum waren sie von der Sattelkammer zur Koppel zurückgekehrt, drehte Rosi noch einmal richtig auf.

Ratlos sahen die beiden Mädchen ihr dabei zu, wie sie über die Weide wetzte.

Ausgerechnet jetzt kam Lara mit Karim zur Koppel.

»Hey, schön, dass ich euch treffe!«, rief sie. »Angelika hat mir gesagt, dass ihr vielleicht ein paar Tipps von mir braucht!«

Leo schüttelte sofort den Kopf. »Nein, wir kommen schon klar!«

Doch Bea war begeistert von Laras Angebot. »Das ist total super von dir!«, platzte es aus ihr heraus. »Ich mache seit Wochen überhaupt keine Fortschritte mit Rosi!«

Leo verdrehte die Augen. Bea hatte im Grunde von Anfang an keine wirklichen Fortschritte mit ihr gemacht. Rosi tat, was sie immer tat: nämlich das, was sie wollte. Ihr Ruf als eigenwilligstes Pferd von Mooraue musste inzwischen auch schon zu Lara gedrungen sein.

»Was ist denn mit Rosinante?«, fragte Lara hilfsbereit.

»Sie bleibt stehen, wenn sie laufen soll. Sie läuft, wenn sie stehen bleiben soll – lauter solche Sachen. Manchmal glaube ich direkt, sie will mich veräppeln!«

Lara lachte. »Nein, keine Sorge. Pferde wollen niemanden veräppeln! Es ist vielmehr so, dass wir Menschen oft etwas in unsere Pferde hineininterpretieren. Dann heißt es immer, die Pferde wollen jemanden ärgern oder sind böse. Alles Quatsch!«

Lara streichelte über Karims Hals. »Damit überträgst du unsere menschliche Gefühlswelt auf dein Pferd. Versuch lieber, ganz neutral zu bleiben und Rosi genau zu beobachten. Wichtig dabei ist, dass du dich nicht zu einem vorschnellen Urteil hinreißen lässt!«

Leo blickte beschämt zu Boden. Natürlich hatte Lara recht, das war ihr klar. Sie musste daran denken, dass sie erst vorhin wieder Karim, das stolze, majestätische Pferd, als arrogant empfunden hatte. Obwohl sie es doch eigentlich besser wusste! Es war eben wirklich schwer, die Welt und alle Dinge nicht zu bewerten! Leo unterdrückte ein Seufzen. Sie konnte durchaus verstehen, warum Richard Lara mochte, auch wenn das alles nicht einfacher machte.

Während Lara noch redete, war Rosi ans Gatter

gekommen und hatte begonnen, an Beas Hosentasche zu knabbern. Bea machte einen schnellen Schritt zur Seite. »Rosi, hör auf damit!«, tadelte sie ihr Pferd und lachte. »Aber jetzt will sie mich doch necken, oder?«, wandte sich Bea wieder an Lara.

»Nein, sie schaut einfach eigenmächtig nach, ob bei dir etwas Leckeres zu finden ist.«

»Okay.« Bea schien verstanden zu haben, da machte Rosi sich schon wieder an ihrer Hosentasche zu schaffen. Bea schob sie weg, aber auch diesmal konnte sie sich ein Lachen nicht verkneifen. »Sie soll damit aufhören!«, sagte sie.

»Soll sie wirklich mit solchen Sachen aufhören?«, fragte Lara. »Willst du, dass sie besser mitarbeitet?«

»Unbedingt! Wir müssen doch Fortschritte machen!«, erklärte Bea im Brustton der Überzeugung.

Lara schüttelte amüsiert den Kopf. »Danach sieht es aber gar nicht aus. Du weist sie doch nicht in ihre Schranken, Bea. Schau mal genau, was du machst: Du drückst Rosi zwar jedes Mal von dir weg, aber dabei lachst du. Wenn ich Rosi wäre, würde ich sagen, du magst es, wenn ich Unsinn mache!«

Bea dachte einen Augenblick lang angestrengt nach.

»Hm, vielleicht hast du recht. Ich glaube, ich liebe sie so, wie sie ist.«

Lara verschränkte die Arme. »Das ist auch okay, aber so zeigst du ihr, dass du es eigentlich toll findest, wenn sie ihren Dickkopf durchsetzt. Du erlaubst es ihr, so zu sein. Es liegt also an dir. Du musst dich entscheiden, was du willst!«

»Aber ich dachte, wir wären so ein gutes Team! Die anderen kommen doch mit Rosi noch viel weniger zurecht«, wandte Bea ein.

»Denen fehlt im Gegensatz zu dir die Geduld!«, erklärte Lara und tätschelte Rosis Hals. »Jedes Pferd ist eben anders. Bei Rosi muss alles ganz langsam gehen, sonst verliert sie die Motivation. Alles Schritt für Schritt.« Lara drehte sich zu Leo um. »Hope hingegen lernt sehr schnell. Leo muss ihr viele abwechslungsreiche Lektionen bieten, damit sie nicht die Lust verliert.«

Leo bemühte sich um ein Lächeln und nickte.

Lara wandte sich wieder Bea zu. »Wenn du möchtest, üben wir das nächste Mal, wie du Rosi richtig longierst!«

Bea strahlte. »Unbedingt, vielen Dank!«

Leo war froh, dass Lara endlich wieder ging. Der Anblick jedoch, als Bea Lara zum Abschied fröhlich umarmte, versetzte ihr einen Stich.

12. Kapitel

In der folgenden Nacht hatte Leo wirre Träume und wachte beinahe stündlich auf. Dann lag sie da und grübelte. Was, wenn Bea lieber mit Lara befreundet sein wollte als mit ihr? Und wie sollte es mit Richard weitergehen? Und dann war da noch die Sache mit ihrem Vater, die sie mehr aufwühlte, als sie zugeben wollte. Was sollte sie bloß tun, wenn er wieder vor der Schule auf sie wartete? Einerseits würde sie ihn nur zu gerne dahin schicken, »wo der Pfeffer wächst«, wie ihre Mutter gesagt hatte. Andererseits würde sie ihn dann niemals kennenlernen, nie erfahren, was für ein Mensch er war. War sie dazu wirklich bereit?

Auch am Morgen hatte sie auf keine dieser Fragen eine Antwort gefunden. Zu allem Unglück begann die Schule gleich mit einer Doppelstunde Mathe bei Herrn Kleinlich. Leo tat ihr Bestes, um die Müdigkeit zu verbergen. Gleichzeitig grübelte sie weiter über ihre nächtlichen Fragen. Würde sie ihren Vater heute wiedersehen? Oder hatte er ihre Drohung mit der Polizei ernst genommen? Leo wusste nicht, was ihr lieber wäre.

In den zwei großen Pausen ging sie mit Bea die Vor- und Nachteile durch. Doch auch ihre Freundin konnte ihr keinen wirklichen Rat geben. Leo würde für sich allein entscheiden müssen.

Die letzte Schulstunde zog sich wie Kaugummi in die Länge. Leo versuchte, cool zu bleiben. Aber sie musste sich eingestehen, dass sie nervös war. Als es endlich zum Schulschluss läutete, sprang sie auf und verließ mit Bea im Schlepptau hastig das Gebäude. Nie zuvor war Leo so froh gewesen, sie an ihrer Seite zu haben. Bea würde sie nicht im Stich lassen, das hatte sie ihr fest versprochen.

Doch offenbar war alle Aufregung umsonst gewesen. Vor der Schule war von Björn Pollinger weit und breit nichts zu sehen. Plötzlich fühlte Leo sich völlig kraftlos. Insgeheim hatte sie wohl doch gehofft, dass ihr Vater hartnäckiger sein würde.

»Ich hab mir wohl umsonst Sorgen gemacht«, wollte sie gerade zu Bea sagen, als diese sie anstupste. »Guck mal, da auf der anderen Straßenseite. Ist er das nicht?«

Ja, tatsächlich, da stand er. Die Litfasssäule musste ihn verdeckt haben, aber vielleicht hatte er sie auch beobachten wollen. Mit einem unsicheren Lächeln winkte er ihnen zu. Leo winkte zurück. Beinahe hätte sie ebenfalls gelächelt. Doch im letzten Moment verkniff sie es sich. Sie wollte ihrem Vater nicht zeigen, wie erleichtert sie über sein Kommen war. Leo atmete tief durch und straffte die Schultern. Gemeinsam mit Bea überquerte sie die Straße.

Ihr Vater lächelte ihr entgegen. »Leonie!«, rief er. »Hat dir Eva also alles erzählt?« Er machte Anstalten, Leo zu umarmen. Doch sie wehrte ab. »Ja, hat sie. Aber meine Mutter will nicht, dass wir Kontakt haben.«

Björn Pollinger nickte. »Ja, kann ich irgendwie verstehen.« Dann strahlte er Leo wieder an. »Aber es ist schön, dass wir jetzt trotzdem miteinander sprechen. Wollen wir ein paar Schritte miteinander gehen?«

Leo drehte sich zu Bea. »Ist schon okay. Wir sehen uns dann morgen, ja?«

Bea nickte ihrer Freundin aufmunternd zu und ließ die beiden allein. Ohne Bea fühlte sich Leo allerdings gleich etwas unsicherer. Schweigend liefen sie die Straße Richtung Rathaus entlang.

»Tja, lange nicht gesehen«, sagte Leo schließlich sarkastisch.

Ihr Vater seufzte und knetete seine Hände. »Ja, ich kann mir vorstellen, dass du sehr enttäuscht von mir bist …«

»Wo warst du die letzten neun Jahre?«, fragte sie. Es sollte beiläufig klingen, aber in ihrer Stimme schwang unverkennbar Zorn. Das merkte auch ihr Vater. Er blieb stehen. »Leo, es tut mir so leid! Ich war überall, in Afrika, in Paris, in Amsterdam …«

Leo blieb ebenfalls stehen und verschränkte die Arme.

»Und dann habe ich dich im Fernsehen gesehen. Mit deinem Pferd, Hope«, fuhr ihr Vater fort. »Da ist mir klar geworden, was ich falsch gemacht habe.« Er sah sie eindringlich an. »Ich bin kurzentschlossen zurück in unsere Stadt gekommen und habe versucht, dich zu kontaktieren. Erst über deine Mutter. Dann habe ich angerufen, aber als ich deine Stimme hörte, wusste ich nicht, was ich sagen sollte.«

»Und was willst du jetzt?«, fragte Leo.

»Ich weiß auch nicht. Dich kennenlernen? Vielleicht etwas gutmachen?«

Leo ließ die Arme sinken. »Okay, wir können versuchen, uns kennenzulernen.«

Ein Lächeln huschte über das Gesicht ihres Vaters. »Das freut mich!« Dann sucht er umständlich in seinem Jackett herum, um schließlich eine Visitenkarte hervorzuholen. »Wenn du möchtest, komm morgen nach der Schule bei mir vorbei. Dann unternehmen wir etwas zusammen«, sagte er und hielt Leo die Karte hin.

»Nein, nicht morgen.« Leo schüttelte den Kopf. So einfach wollte sie es ihm auch wieder nicht machen. »Übermorgen«, sagte sie und griff nach der Karte.

»Okay, super! Dann bis übermorgen!«, sagte er.

»Bis dann.« Leo wollte sich schon umdrehen. Doch da hielt er sie noch einmal zurück.

»Leo? Ich glaube, es ist besser, wenn du deiner Mutter nichts von unserem Treffen erzählst, okay?«

13. Kapitel

Eigentlich hatte Leo sich darauf gefreut, den ganzen Nachmittag mit Hope zu verbringen. Doch die Bitte ihres Vaters beschäftigte sie. Sollte sie das Treffen mit ihm wirklich geheim halten? Allein schon der Gedanke widerstrebte Leo. Eva Pollinger hatte Leo zwar eindringlich davon abgeraten, mit ihrem Vater zu sprechen, direkt verboten hatte sie es aber nicht. Warum also sollte Leo es ihr verschweigen? Natürlich wusste sie, dass ihre Mutter darüber nicht glücklich sein würde. Aber sie war sich sicher, dass ihre Mutter es irgendwie verstehen würde.

Ganz in Gedanken hatte Leo schließlich die Bushaltestelle erreicht. Von hier aus fuhr die Linie sieben über den Rathausplatz und durch die Stadt bis hinaus zu Gut Mooraue. Plötzlich war Leo klar, was sie tun musste: Zu ihrer Mutter gehen und ihr erzählen, was sich ereignet hatte! Jetzt gleich!

Ohne stehen zu bleiben, lief sie an der Haltestelle vorbei und weiter Richtung Südstadt. Leo hatte nur eine ungefähre Ahnung, wo sich die Blankewitz'sche Fabrik befand, aber sie hatte die Abbildung der Fassade auf den Konfitüregläsern gesehen.

Zum Glück musste sie nicht lange suchen, bis sie den dunkelroten Backsteinbau aus der Gründerzeit fand, denn der Schornstein war weithin sichtbar. Leo öffnete die große Schwingtür, über der in goldenen Lettern »Blankewitz Konfitürenmanufaktur« stand. Sie staunte nicht schlecht. Das Gebäude war viel größer, als sie es sich vorgestellt hatte! Zögernd betrat sie die Eingangshalle, die nicht minder beeindruckend war.

»Kann ich der jungen Dame behilflich sein?«, erklang hinter ihr eine Stimme.

Leo drehte sich um. Die Stimme gehörte zu einem älteren Herrn. Er hatte das Schiebefenster zu seinem kleinen Kabuff geöffnet und bedeutete ihr näher zu kommen.

»Ich bin auf der Suche nach meiner Mutter«, sagte Leo.

Der Pförtner sah sie fragend an. »Wie heißt denn deine Mutter? Hier arbeiten viele Leute. Da musst du schon etwas genauer sein.« Er schmunzelte.

»Eva Pollinger.«

»Pollinger, Pollinger«, überlegte der Pförtner. Dann schlug er sich mit der Hand gegen die Stirn: »Aber natürlich, unsere neue Küchenfee! Pass auf, da musst du von hier erst mal in den dritten Stock gehen.« Er beugte sich aus seinem Fenster und zeigte mit dem Finger zum Treppenhaus. »Dann nimmst du den ersten Gang rechts und gehst bis zu dem Durchgang, wo Entwicklung und Produktdesign steht. Dort biegst du links ab in den Korridor, bis du zur Versuchsküche kommst.«

Leo wusste schon jetzt, dass sie sich den Weg nicht merken konnte. Der Pförtner schien ihre Gedanken gelesen zu haben. »Das findest du schon! Und wenn du dich doch verlaufen solltest, frag einfach nach dem Weg zur Versuchsküche!«

Leo nickte. Als sie nach einigen Wirrungen endlich die Versuchsküche gefunden hatte, wollte sie schon eintreten. Aber über der Tür brannte ein rotes Licht. Leo stutzte. Durch die Drahtglasscheiben war nicht zu erkennen, was drinnen vor sich ging. Leo entschied, dass es vielleicht besser war zu warten. Doch auch nach zehn Minuten leuchtete immer noch das Licht. Leo ging langsam den Gang auf und ab und folgte dabei dem Muster der Bodenfliesen.

Der Zeiger auf der großen Uhr am Ende des Ganges rückte zur vollen Stunde vor und ein Gong ertönte.

Fast so wie in der Schule, dachte Leo. Jetzt war auch das rote Licht erloschen. Die Tür wurde aufgestoßen und eine junge Frau kam heraus. Sie trug einen weißen Kittel wie Ärzte im Krankenhaus, nur dass auf der linken Seite der Schriftzug »Blankewitz' feine Konfitüren«

und zwei gekreuzte Kochlöffel eingestickt waren. Die Frau musterte Leo.

»Was machst du denn hier?«, fragte sie.

»Ich wollte zu meiner Mutter, Eva Pollinger«, sagte Leo.

»Dann komm mal mit.« Die Frau drehte sich um und ging wieder hinein.

»Was ist eigentlich eine Versuchsküche genau?«, fragte Leo, während sie an Kochstellen und allerlei Gerätschaften vorbeiliefen.

»Oh, das ist das Herzstück der Firma. Hier werden unsere neuen Rezepturen getestet, bevor wir sie auf den Markt bringen. Du darfst aber keinem sagen, was du hier gesehen hast!«

Leo war sich nicht sicher, ob das ernst gemeint war, aber sie nickte.

»Heute war der Termin für das Fotoshooting, das hat leider den ganzen Zeitplan durcheinandergebracht!«, fuhr die Frau fort.

Das hatte Leo komplett vergessen!

»So, da wären wir.« Die Frau klopfte an einer Tür an. »Du kannst jetzt reingehen, wir sind für heute sowieso fertig.«

So müde hatte Leo ihre Mutter schon lange nicht mehr gesehen.

»Leo, was ist los?«, fragte Eva Pollinger überrascht und setzte sich in ihrem Stuhl auf.

»Ich wollte dir was Wichtiges erzählen«, sagte Leo. »Du siehst aber ganz schön müde aus, war viel los?«

Ihre Mutter winkte ab. »Du kannst dir nicht vorstellen, wie anstrengend Lächeln sein kann. Ich brauch jetzt dringend eine Auszeit.«

»Das sehe ich.« Leo grinste.

»Du bist doch nicht extra hergekommen, um mir das zu sagen, oder?«

»Nein, heute ist etwas passiert,« sagte Leo. Dann erzählte sie von dem Treffen mit Björn Pollinger. »Ich wollte, dass du Bescheid weißt«, sagte sie zum Abschluss.

Trotz drei Schichten Make-up traten die Sorgenfalten auf der Stirn ihrer Mutter deutlich hervor.

»Also, ich kann nicht behaupten, dass ich das gut finde«, sagte sie. »Ich weiß, dass es immer doof ist, wenn ein Elternteil schlecht über den anderen redet, aber: Björn ist nicht der, der er zu sein vorgibt. Er ist ein total berechnender Typ.«

»Dass er kein Engel ist, weiß ich«, sagte Leo. »Sonst hätte er uns ja nicht so sitzen lassen und sich ewig lange nicht gemeldet.«

»Zeig mal die Visitenkarte«, bat Leos Mutter.

Als Leo sie ihr reichte, zog sie erstaunt die Augenbrauen hoch. »Hm, die Adresse ist ziemlich nobel«, stellte sie fest. »Das ist ja schon mal etwas beruhigend. Sonst hätte ich darauf getippt, dass es mal wieder um Geld geht.«

Leo nahm die Visitenkarte wieder an sich. Dass ihre Mutter schlecht auf ihren Vater zu sprechen war, war logisch. Aber dass es ihrem Vater vielleicht um sie – Leo – ging, darauf schien ihre Mutter überhaupt nicht zu kommen.

Leo wusste plötzlich, was sie wollte – ihrem Vater zwar mit Vorsicht, aber auch mit Offenheit begegnen. Sonst machte das in ihren Augen alles keinen Sinn.

»Ich muss jetzt los«, sagte sie.

»Wird heute wohl wieder spät bei mir.« Ihre Mutter sah sie entschuldigend an.

»Ich weiß«, erwiderte Leo.

14. Kapitel

Leo fischte sich noch einen Apfel aus der Obstschale und machte sich auf den Weg nach Mooraue. Sie wollte endlich zu Hope. Vielleicht reichte die Zeit noch für einen Ritt über die Felder. Leo musste dringend den Kopf freibekommen.

Als sie den Hof betrat, sah sie bereits von Weitem Richard. Er kam gerade mit einer dampfenden Tasse Tee aus dem Gutshaus. Leo wollte schnell an ihm vorbei, aber er versperrte ihr den Weg. »Sag mal, hab ich irgendeinen Ausschlag oder eine ansteckende Krankheit, dass du mir dauernd aus dem Weg gehst?«

Leo fühlte sich ertappt. »Tut mir leid, ich wollte nur so schnell wie möglich zu Hope, ich bin spät dran«, sagte sie und versuchte, dabei möglichst neutral zu klingen.

Richard sah sie durchdringend an. Es war klar, dass er ihr nicht glaubte. Leo fühlte, dass dies ein guter Moment für die Wahrheit war. Sie könnte ihm sagen, dass sie traurig war, weil er offenbar in Lara verliebt war. Aber sie tat es nicht.

»Du solltest dir auf jeden Fall das Wunder vom Moorauehof ansehen, wenn du schon hier bist«, sagte Richard etwas weniger streng und zeigte Richtung Reitplatz.

Leo wandte den Kopf. Auf dem Reitplatz standen Lara und Bea. Und dann war da noch ein Pferd, das im ruhigen Galopp an der Longe lief, als hätte es im Leben nie etwas anderes getan: Rosi!

»Komm und schau es dir an«, sagte Richard.

Leo konnte nicht anders und folgte ihm.

Am Zaun des Reitplatzes blieb sie stehen und beobachtete staunend, wie Rosi brav wie ein Lämmchen auf Laras Anweisungen reagierte. Sie wechselte nicht das Tempo, nicht die Gangart, sie ließ sich durch nichts ablenken.

Ein Wunder war geschehen.

An der Seite stand Bea und warf bewundernde Blicke abwechselnd auf Rosi und Lara.

Nach einigen Minuten gönnte Lara der kleinen Stute eine Pause. Bea bestürmte sie sogleich mit Fragen. »Wie hast du das gemacht? Kann ich das auch lernen? Gibt es einen Trick?«

Lara lachte. »Klar gibt es einen Trick!«

»Erzähl!«, bat Bea aufgeregt.

»Erinnere dich, wie du mir vorhin Rosi gebracht und übergeben hast. Du hast nickend zugehört, als ich etwas erzählt habe. Damit hast du mich zum Chef gemacht. Rosi hat gespürt, dass ich jemand Wichtiges sein muss. Der Boss! Deshalb hat sie gut mitgearbeitet.«

Bea riss die Augen auf. »Und das ist alles?«

Wieder lachte Lara. »Nein, leider nicht. Der Rest ist viel, viel Erfahrung.«

»Oh, dachte ich mir«, sagte Bea und klang ein wenig enttäuscht.

»Aber das Wichtigste bei Rosi ist immer noch eine Affengeduld. Wenn du das lernst, lernst du vor allem etwas über dich selbst. Mein Lehrer hat immer gesagt, dass die Bereitschaft, Dinge anzunehmen, und Vertrauen der Schlüssel zur Geduld sind. Betrachte die Welt um dich herum und akzeptiere sie, wie sie ist. Habe Vertrauen in dich und den Pfad, den du gewählt hast. Dann kannst du auch das größte Hindernis überwinden.«

»Ich glaube, das könnte ich schaffen«, antwortete Bea und klang wieder etwas hoffnungsfroher.

»Probier es am besten selbst aus«, sagte Lara aufmunternd. »Es hilft auch, wenn du dir in deiner Fantasie genau und in allen Farben vorstellst, wie Rosi um dich herumläuft!«

Leo runzelte die Stirn. So sehr es für sie auch auf der Hand lag, dass Lara eine absolute Pferdeexpertin war – dieser Ratschlag kam ihr doch sehr seltsam vor. Zwar kannte sie die Technik mit den inneren Bildern vom Eiskunstlauf. Damals hatte sie sich beim Training versucht vorzustellen, sie wäre ein Kolibri, ein Pfau, Dreieck oder Pfeil, um ihre Haltung zu verbessern. Aber dass man mit solchen Bildern andere Lebewesen beeinflussen könnte, erschien ihr ausgeschlossen. So nah sie sich Hope auch fühlte – sie glaubte nicht an eine telepathische Übertragung ihrer Gedanken.

»Das ist doch Quatsch«, sagte sie halblaut.

Richard sah Leo mit hochgezogener Augenbraue an, während er einen Schluck Tee trank. »Hast du es schon mal probiert?«, fragte er.

Leo glaubte, sich verhört zu haben. Jetzt stellte sich Richard auch noch bei offensichtlichem Unfug auf Laras Seite!

»Ich sagte doch, das ist Quatsch. Und Quatsch muss ich nicht ausprobieren«, gab Leo genervt zurück.

»Ich glaube ja auch nicht, dass das so einfach geht«, erwiderte Richard besänftigend. »Aber vielleicht funktioniert es in außergewöhnlichen Situationen? Zum Beispiel bei Gefahr?«

Leo hatte keine Lust auf eine Diskussion. »Ich muss jetzt los«, sagte sie und ließ Richard einfach stehen.

15. Kapitel

An den nächsten beiden Tagen gab es keinen Moment, in dem Bea nicht für Lara schwärmte. Weder in der kleinen noch in der großen Pause gab es für sie ein anderes Gesprächsthema. Sogar im Unterricht zeichnete sie Skizzen von Lara und Karim in ihr Heft. Mehrmals versuchte Leo über andere Dinge zu sprechen, aber Bea schaffte es immer wieder, auf Lara zurückzukommen. Dabei schien sie nicht zu merken, dass Leo immer einsilbiger wurde.

In Gedanken war Leo ohnehin die ganze Zeit woanders.

Der geplante Besuch bei ihrem Vater rückte näher. Neben leichter Nervosität war sie vor allem neugierig: Zu gerne wollte sie wissen, wie ihr Vater lebte, was für ein Mensch er war.

Allerdings war da auch diese Frage, die Leo auf der Seele brannte. Warum nur hatte er sie und ihre Mutter damals bei Nacht und Nebel verlassen? Leo konnte sich nicht vorstellen, dass es für ein solches Verhalten einen nachvollziehbaren Grund gab. Deshalb machte ihr die Antwort Angst.

Nach Unterrichtsschluss verabschiedete sie sich von Bea.

Diese war überrascht. »Kommst du nicht gleich mit auf den Hof? Ich möchte Lara unbedingt noch ein paar Fragen stellen für meinen nächsten Blogeintrag!«

»Nein, ich treffe heute doch meinen Vater«, sagte Leo.

Bea schlug sich vor den Kopf. »Stimmt, hatte ich fast vergessen! Dann also bis morgen!«

Leo fühlte sich plötzlich ziemlich alleine. Die Straßen der Stadt waren ihr immer noch nicht vertraut, obwohl sie nun schon ein halbes Jahr hier lebte. Die Innenstadt kannte sie fast gar nicht. In ihrer Freizeit war sie selten hier, weil sie ja meist auf Mooraue war. Etwas beklommen fuhr sie zur Adresse ihres Vaters. Der Neubau lag zentral in der Innenstadt. Er überragte die Häuser der Einkaufsstraße deutlich und bestand fast nur aus Glas. Als Leo klingelte, entdeckte sie eine Kamera, die sie beobachtete. Man wohnte hier offenbar sehr vornehm und sicher. Der Türöffner summte und Leo betrat eine große Halle mit schwarzglänzendem Boden. Ein Aufzug brachte sie in das oberste Stockwerk. Ihr Vater stand wartend in der offenen Wohnungstür und lächelte.

»Das ist alles sehr vornehm«, sagte Leo zur Begrüßung.

»Ja, ich hatte die letzten ein, zwei Jahre Glück. Ich habe ein bisschen an der Börse spekuliert. Aber komm erst mal rein.«

Leo betrat einen großzügigen Flur, der in ein riesiges Wohnzimmer führte. Der Raum war mindestens so groß wie drei Klassenzimmer zusammen und bot einen grandiosen Ausblick weit über die Stadt. Die wenigen Möbel waren elegant und hochmodern. Als Erstes sprang Leo jedoch das überdimensionierte Aquarium ins Auge, in dem sich unüberschaubar viele kleine und einige beeindruckend große, exotisch wirkende Fische tummelten.

»Hast du Hunger? Ich habe etwas vorbereitet«, fragte Leos Vater.

»Gerne, solange es kein Fisch ist!«, lachte Leo.

»Keine Angst, ich hätte eine chinesische Gemüsepfanne im Angebot. Wäre das was für dich?«

Leo nickte, woraufhin ihr Vater in der Küche verschwand. Kaum fünf Minuten später kam er schon mit zwei Tellern zurück und stellte sie auf den Esstisch.

»Interessant, dass du kochen kannst«, bemerkte Leo und setzte sich.

»Um ehrlich zu sein: Das ist nur ein Fertiggericht aus der Tiefkühltruhe«, gab Björn Pollinger zu und lächelte, sodass seine Zahnlücke sichtbar wurde. Auch Leo musste lächeln. Sie probierte eine Gabel und hob den Daumen. »Nicht schlecht«, sagte sie. »Mal was anderes.

Zu Hause werde ich nur mit Drei-Sterne-Menüs verwöhnt.«

»Ich weiß, deine Mutter ist eine fantastische Köchin, da kann ich nicht mithalten.«

»Sie ist auch sonst ziemlich toll«, entfuhr es Leo.

Sie hatte nicht bewusst darauf hingesteuert. Aber das Gespräch bewegte sich erschreckend in Richtung der gefürchteten Frage. Das merkte offensichtlich auch ihr Vater. Verlegen spielte er mit dem Besteck auf seinem Teller. Leo gab sich einen Ruck. »Warum hast du uns damals verlassen?«, fragte sie scheinbar ungerührt, während ihr am ganzen Körper heiß und kalt wurde.

Björn Pollinger antwortete zunächst nicht. Er stand vom Tisch auf, ging ein paar Schritte hin und her. Dann begann er zu sprechen. »Leo, ich habe in meinem Leben viele Fehler gemacht«, sagte er. »Es klingt sicherlich seltsam für dich, aber ich wollte euch nie verlassen!«

Leo atmete langsam aus. Der große Stein, der ihr auf der Brust lag, wurde etwas leichter. Doch als er weitersprach, verschlug es ihr mehr und mehr die Sprache. »Ich hatte damals diesen Limousinenservice«, erzählte ihr Vater und strich sich durch die Haare. »Aber das Geschäft lief schlecht. Und dann brauchte ich dringend Geld. Da habe ich mich mit den falschen Leuten eingelassen. Die wollten plötzlich das Doppelte und Dreifache zurück, aber ich konnte nicht zahlen!«

Leo sah ihren Vater entsetzt an. »Und dann?«

»Dann haben sie mir gedroht! Dass sie euch was antun! Die meinten das Hundertprozent ernst! Ich musste verschwinden, um euch zu schützen!«

Leo wusste nicht, was sie sagen sollte. »Das klingt …«

»Fürchterlich! Ich weiß!«, warf ihr Vater ein. »Absolut grauenhaft!«

»Nein, das klingt …«, setzte sie noch einmal an, »irgendwie ausgedacht. Wie aus einem Film.«

16. Kapitel

Auch auf dem Nachhauseweg war Leo noch verwirrt. Bevor sie gegangen war, hatte ihr Vater mehrmals eindringlich geschworen, dass er die Wahrheit sagte. Sie wusste nicht recht, warum, aber langsam fing sie an, ihm zu glauben. Dass sich jemand eine solch wilde Geschichte ausdachte, war einfach zu unwahrscheinlich. Auch der Gedanke, dass ihr Vater sie verlassen hatte, weil er musste – und nicht, weil er wollte –, fühlte sich angenehm tröstlich an.

Am liebsten wäre Leo noch auf einen Abstecher zu Hope gegangen, aber es war mittlerweile später Nachmittag geworden. Auch wollte sie so rasch wie möglich ihrer Mutter von dem Treffen erzählen. Eva Pollinger hatte versprochen, heute früher Arbeitsschluss zu machen. Wahrscheinlich wartete sie schon zu Hause.

Doch als Leo die Wohnungstür aufschloss, traf sie zunächst auf Harald. Er werkelte vergnügt in der Küche.

»Deine Mutter hat mich eingeladen«, sagte er zur Begrüßung, als müsste er seine Anwesenheit rechtfertigen. »Ich dachte, ich zaubere uns etwas Leckeres!«

»Oh, ich hab schon gegessen«, sagte Leo. »Aber schön, dich zu sehen.« Leo fand es tatsächlich gut, dass ihre Mutter und Harald wieder Zeit miteinander verbrachten. Allerdings brannte sie darauf, mit ihr über die neuesten Ereignisse zu sprechen.

»Falls du deine Mutter suchst, sie ist in der Badewanne«, sagte Harald. »Aber stör sie jetzt besser nicht. Sie entspannt!«

»Ich muss aber dringend mit ihr reden«, sagte Leo und öffnete die Badezimmertür vorsichtig einen Spaltbreit. Eva Pollinger lag tief im Schaum vergraben in der Wanne, von Teelichtern umstrahlt und von Räucherstäbchen umwölkt. Mit einer Schönheitsmaske im Gesicht und Gurkenscheiben auf den Augen plätscherte sie zu klassischer Musik genussvoll im Wasser. Leise zog Leo die Tür wieder zu. Es wäre herzlos gewesen, sie ausgerechnet jetzt zu stören.

»Ich habe deiner Mutter das volle Verwöhnprogramm verordnet«, erzählte Harald, als Leo zu ihm zurück in die Küche kam. »Sie muss unbedingt mal abschalten, sie arbeitet einfach zu viel!«

»Ich habe gehört, dass du auch ganz schön viel Zeit mit Arbeit verbringst«, stichelte Leo.

Aber Harald winkte ab. »Ach was. Das ist was anderes.«

Leo hatte keine Lust, sich in den Streit zwischen den beiden einzumischen. Es war ohnehin nicht auszumachen, wer recht hatte. Sie sah Harald noch eine Weile zu, wie er mit der Eleganz eines Profis Zwiebeln und Knoblauch hackte.

Als ihre Mutter schließlich zu ihnen in die Küche kam, trug sie einen Bademantel und ein Handtuch um den Kopf. Leo bemerkte sofort, wie erholt sie aussah.

»Ach, herrlich«, rief Eva Pollinger. »Ich habe mich lange nicht mehr so gut gefühlt!«

Obwohl Leo endlich von dem Gespräch mit ihrem Vater erzählen wollte, biss sie sich auf die Lippen und schwieg. Sie wollte ihrer Mutter und Harald den gemeinsamen Abend nicht verderben. Schweren Herzens geduldete sie sich, bis sie gemeinsam gegessen hatten und Harald gegangen war.

»Ich muss unbedingt noch mit dir sprechen«, sagte Leo, nachdem die Tür hinter Harald ins Schloss gefallen war.

Eva Pollinger setzte sich auf. »Ich bin ganz Ohr.«

»Ich habe heute meinen Vater getroffen«, erklärte Leo ohne Umschweife.

Das Lächeln im Gesicht ihrer Mutter erlosch. »Oh, hast du? Hatte ich dir nicht gesagt, dass ich das für keine gute Idee halte?«

Leo sah ihre Mutter in die Augen. »Er hat mir gesagt, warum er uns verlassen hat.«

Leos Mutter sah sie erschrocken an.

»Er hat gesagt, dass er für seinen Limousinenservice Geld brauchte. Das hat er sich von den falschen Leuten geliehen. Sie haben ihm gedroht, dass sie uns – seiner Familie – etwas antun würden!«

Eva Pollinger seufzte. Sie wirkte plötzlich wieder sehr erschöpft. Sie sah Leo müde an, sagte aber nichts.

»Verstehst du nicht, Mama? Er wollte uns nur beschützen!«

Doch ihre Mutter schüttelte unwillig den Kopf. Dann stand sie auf. »Das ist kompletter Blödsinn«, sagte sie.

Leo sprang auf. »Warum Blödsinn? Er ist gegangen, weil er musste – nicht, weil er uns nicht mehr geliebt hat oder genug von uns hatte! Was ist daran Blödsinn?«

Leos Mutter hob abwehrend die Hände, als könnte sie damit ihre Gedanken ordnen.

»Das mit dem Limousinenservice stimmt, Leo«, sagte sie. »Das mit der Geldnot auch. Aber den Rest hat er sich ausgedacht. Glaub mir, ich kenne ihn zu gut!«

»Ich habe auch erst gedacht, dass die Geschichte erfunden ist«, gab Leo zu. »Aber langsam glaube ich ihm wirklich.«

»Weil du ihm glauben willst«, sagte Leos Mutter. Sie legte ihre Hände auf Leos Schultern. »Ich möchte nicht, dass du dich noch einmal mit Björn triffst.« Sie machte eine Pause und seufzte. »Ich glaube, ich habe so was noch nie zu dir gesagt, aber: Ich verbiete es dir!«

17. Kapitel

Leo hatte nicht mit so einer heftigen Reaktion gerechnet. Sie war davon ausgegangen, dass diese Neuigkeiten ihre Mutter versöhnlicher stimmen würden. Aber das Gegenteil war der Fall. Den ganzen Abend hatte Leo verzweifelt versucht, Eva Pollinger umzustimmen, damit sie weiter mit ihrem Vater in Kontakt bleiben konnte. Vergeblich.

Nun ging sie mit zwiespältigen Gefühlen zu Bett. Auf keinen Fall wollte sie sich mit ihrer Mutter streiten. Schon gar nicht wegen ihres Vaters. Aber es machte sie wütend, dass ihre Mutter ihr den Umgang mit ihm verbot.

Am nächsten Tag nutzte sie die erste Schulpause, um Bea von ihrem Treffen zu erzählen. Bea hörte ihr staunend zu. Allerdings fand sie die Geschichte auch etwas seltsam.

»Warum meldet er sich dann erst jetzt«, wollte sie wissen.

Leo überlegte einen Moment. »Das sollte ich ihn

wohl mal fragen. Kann ich aber nicht. Meine Mutter hat mir nämlich den Kontakt zu ihm verboten.«

»Was hast du jetzt vor?«, fragte Bea.

»Keine Ahnung«, antwortete Leo.

»Ich würde mich auf keinen Fall bei ihm melden oder so«, meinte Bea.

»Das habe ich auch nicht vor.« Leo schüttelte den Kopf. Der einzige Plan für heute bestand darin, nach der Schule zu Hope zu gehen. Schließlich hatte sie ihre geliebte Stute gestern überhaupt nicht gesehen. Und jeder Tag, den sie nicht in ihrer Nähe verbrachte, fühlte sich merkwürdig verloren an.

Leider kam Bea nach der Schule nicht mit nach Mooraue. Sie wollte an ihrem Blog weiterschreiben. Frau Blankewitz hatte ihr erzählt, dass er schon jetzt jeden Tag hunderte Leser hatte. Dutzende Kommentare waren bereits eingegangen. Fast über Nacht hatte sich eine kleine Gemeinschaft von Pferdefreundinnen zusammengefunden, die besonderen Wert auf den artgerechten und freundlichen Umgang mit Pferden legte.

Also machte Leo sich allein auf den Weg nach Mooraue. Dort entdeckte sie zu ihrer Freude Angelika auf dem Reitplatz. Die Trainerin gab einigen Mädchen Reitunterricht. Die jungen Schülerinnen waren sichtlich Anfängerinnen. Auf ihren Gesichtern lag teils stilles Glück, teils höchste Konzentration. Alle waren krampfhaft darum bemüht, die Balance zu halten.

Angelika korrigierte geduldig ihren Sitz und gab Tipps. Sie wirkte glücklich und entspannt. So gelöst hatte Leo sie schon länger nicht mehr gesehen.

Als sie weiter zur Koppel ging, sah sie schon von Weitem, dass auch Karim auf der Gemeinschaftskoppel stand. Offenbar hatte er sich gut eingewöhnt. Mit leicht erhobenem Schweif stolzierte er am Zaun entlang. Der Rest der Herde machte einen entspannten Eindruck, die Pferde grasten oder dösten. Nur Hope stand wie immer mit gespitzten Ohren und behielt die Umgebung im Auge. So war sie auch die Erste, die Leo entdeckte. Leo konnte gar nicht so schnell gucken, wie Hope an das Gatter geflogen kam. Auch Rosi kam näher. Bea war in letzter Zeit zu selten da. Wahrscheinlich hätte auch Rosi gerne ein bisschen mehr Aufmerksamkeit. Aber sie blieb in respektvollem Abstand zu Leo und Hope stehen. Offenbar wollte sie nicht noch einmal von Hope zurechtgewiesen werden.

Leo warf ihr ein Küsschen zu, während sie Hope die Mähne kraulte. Dann führte sie ihre Stute von der Koppel Richtung Reithalle. Sie wollte nachsehen, ob dort Platz war, damit sie mit Hope etwas Bodenarbeit machen konnte. Auch ohne Reiter ließen sich die Muskeln so hervorragend dehnen und kräftigen. Plötzlich stand ihr Vater wie aus dem Nichts neben ihr. Nicht nur Leo erschrak, auch Hope machte einen furchtsamen Satz zur Seite.

»Sorry. Ich wollte nur sehen, wie es dir geht«, entschuldigte sich Björn Pollinger.

»Gut, danke«, sagte Leo knapp. Dass ihr Vater hier einfach so ungefragt auftauchte, gefiel ihr nicht. Mit ein bisschen Feingefühl hätte er merken müssen, dass er unerwünscht war. Er schien Leos frostige Reaktion jedoch gar nicht wahrzunehmen. Mit glänzenden Augen sah er sich um. »Dieser Hof ist wirklich wunderschön! Besonders die großen Koppeln sind sensationell. Das ist genau das, was Pferde brauchen! Am besten gefallen mir ja der Knabstrupper da hinten und die schöne Holsteiner Stute. Dieser kompakte Rumpf mit den schlanken Beinen ist geradezu klassisch!«, schwärmte er.

Leo horchte auf. »Du kennst dich mit Pferden aber gut aus«, erwiderte sie und schenkte ihm gegen ihren Willen doch ein Lächeln.

Björn Pollinger schüttelte bescheiden den Kopf. »Nur ein bisschen. Aber um zu sehen, dass Hope das schönste Pferd auf dem Hof ist, braucht man kein Experte zu sein. Sie ist sogar schöner als der schwarze Araber dort am Zaun.«

Leo taten seine Worte unendlich gut. Ob sie wollte oder nicht: Ihr Vater hatte gerade tausend Sympathiepunkte eingeheimst.

Plötzlich hörte Leo aus Richtung des Gutshauses die Stimme von Herrn Blankewitz. »Entschuldigung«, rief er. »Ist das Ihr Wagen in der Einfahrt?«

Leos Vater drehte sich zu ihm um. »Tut mir leid! Ich fahre ihn gleich weg«, rief er.

»Nein, kein Problem«, sagte Herr Blankewitz und kam näher. Er lächelte. »Ich wollte nur mal sehen, wem der Jaguar gehört.«

Leo stellte sich auf die Zehenspitzen und spähte Richtung Gutshaus. Tatsächlich stand dort ein schwarzer Sportwagen.

»Ach, die alte Mühle«, winkte Leos Vater lachend ab, als Herr Blankewitz vor ihm stand.

»Ein sehr seltener Wagen, Baujahr 1964?«, fragte Richards Vater. Björn Pollinger nickte.

»Dann hat er den 4,2-Liter-Sechszylinder-Motor, nicht wahr?«, bemerkte Herr Blankewitz.

Doch bevor ihr Vater antworten konnte, räusperte sich Leo vernehmlich. Sie konnte es nicht fassen, dass die beiden sich hier ganz selbstvergessen über alte Autos unterhielten. »Darf ich übrigens vorstellen«, sagte sie zu Herrn Blankewitz. »Das ist mein Vater.«

»Sehr angenehm«, freute sich Herr Blankewitz und gab Leos Vater die Hand. »Dann sehen wir uns ja sicher öfters.«

»Auf jeden Fall«, antwortete Björn Pollinger und wandte sich wieder Leo zu, während Richards Vater zurück zum Gutshaus ging.

»Meine Mutter will aber nicht, dass wir Kontakt haben«, stellte Leo klar.

»Na ja, sie muss es ja nicht wissen.« Leos Vater lächelte komplizenhaft.

Leo schüttelte abwehrend den Kopf.

»Ich möchte gerne Zeit mit dir verbringen«, schob Leos Vater nach. »Mit dir und deinem Pferd.«

»Echt?«, fragte Leo ungläubig. Hope war ihr das Wichtigste im Leben. Nie hätte sie es für möglich gehalten, dass ihr Vater sich für Hope interessieren würde. Das war beinahe schon zu schön, um wahr zu sein.

»Doch, unbedingt! Sie ist die charaktervollste Stute, die ich je gesehen habe. Zu schade, dass sie sich damals beim Springen verletzt hat. Mal Hand aufs Herz – wie viel habt ihr für sie bezahlt?«

»Das weiß ich nicht«, sagte Leo. »Hope gehört mir gar nicht. Sie gehört Herrn Blankewitz.«

»Wirklich?!« Leos Vater war überrascht. »Also ist sie gar nicht dein Pferd?«, fragte er in einem Tonfall, als sei dies ein Makel.

18. Kapitel

Bisher hatte Leo sich keine Gedanken darüber gemacht, ob es besser wäre, wenn Hope ihr gehören würde. Im Gegenteil. Sie wusste nur zu gut, dass sich ihre Mutter die Kosten für Futter, Tierarzt und Stall überhaupt nicht leisten konnte – vom Kaufpreis für Hope ganz zu schweigen. Sie war Herrn Blankewitz unendlich dankbar, dass sie sich um Hope kümmern durfte, als wäre sie ihr eigenes Pferd. Und genauso fühlte es sich für Leo an: Hope und sie gehörten einfach zusammen.

Trotzdem hatten die Worte ihres Vaters einen Nachhall erzeugt. Vor allem am nächsten Tag, als auch noch ausgerechnet Charlene auf dasselbe Thema kam. In der großen Pause ließ sie auf dem Schulhof ihr Handy mit einem Foto unter ihrer Fanschar herumgehen. Leo und Bea hörten etliche »Wie süß« und »Einfach zauberhaft!«-Rufe. Am Ende wurde auch ihnen das Handy ungefragt unter die Nase gehalten. Auf dem Bildschirm war ein Bild von Trinity zu sehen. Charlene hatte den Schopf von ihrem Pony zu einem komplizierten Zopf geflochten und mit einer Schleife verziert. Das Foto sah tatsächlich sehr niedlich aus. Aber Leo und Bea tat Trinity eher leid.

Als Charlene merkte, dass von Bea und Leo keine Bewunderung kam, rief sie zu ihnen herüber: »Nächste Woche gibt es auf Schönholz einen Pferdeschönheitswettbewerb! Macht doch auch mit!« Nach einer kurzen Pause fügte sie spitz hinzu: »Ach, tut mir leid! Geht ja gar nicht. Ist nur für Reiterinnen mit eigenem Pferd!«

Leo und Bea zuckten nur mit den Schultern. Ein Schönheitswettbewerb – wer wollte schon so was! Trotzdem versetzte es Leo einen Stich, dass um sie herum offenbar jeder sein eigenes Pferd hatte. Und Lara hatte sogar ein Pferd und zwei Alpakas!

Wobei sie Cleo und Caesar inzwischen ins Herz geschlossen hatte. Die Tiere waren für den Hof eine große Bereicherung. Sie freute sich jedes Mal, die Alpakas zu sehen, die einen besonderen Narren an Hope gefressen hatten. Wann immer die Stute über den Hof ging, kamen die beiden neugierig näher und folgten ihr.

Als Leo heute auf Mooraue ankam, sah sie, dass der Stall für die Alpakas fertig war. Er bestand aus dunklem Holz und war etwa so groß wie eine Gartenlaube. Cleo kam zur Begrüßung sofort ganz nah an Leo heran. Diese strich sanft mit den Fingerspitzen über ihr Fell. Das war ein so wohliges Gefühl. Am liebsten hätte Leo mit beiden Händen tief in die flauschige Wolle gefasst, um zu fühlen, wo das Fell aufhört und das Tier anfängt.

Vor dem Haus traf sie auf Angelika. Die Trainerin hätte sie beinahe nicht bemerkt, sie starrte tief in Gedanken versunken ins Nichts. Erst als Leo direkt neben ihr stand, schreckte sie auf.

»He, was ist los?«, fragte Leo, als sie Angelikas graues Gesicht sah.

»Alles okay«, versicherte Angelika schnell. »Ich schnappe nur ein bisschen Luft.«

»Hast du immer noch so viel im Büro zu tun?«, wollte Leo wissen.

»Schlimmer. Gleich kommt eine Pferdewirtin zum Bewerbungsgespräch«, seufzte Angelika. »Ich habe so was noch nie gemacht! Zumindest nicht als Chefin! Ich bin so nervös!«

Leo legte Angelika die Hand auf den Arm. »Du schaffst das schon, ganz bestimmt!«

Auch Caesar und Cleo kamen näher, als wollten sie Angelika trösten. Die Pferdetrainerin sah Leo lächelnd an und strich sanft über das Fell der Alpakas.

»Lass uns nachher mal einen Tee zusammen trinken«, schlug sie vor.

»Gerne.« Leo verabschiedete sich und ging weiter zur Koppel.

Wie immer stürmte Hope heran, sobald Leo nur in die Nähe der Wiese kam. »Na, meine Hübsche!«, rief

Leo leise, während die Stute ihr mit ihrem Kopf über das Gatter hinweg entgegendrängte. Zur Begrüßung kraulte sie Hope die Mähne. Da fiel ihr wieder Charlenes Schönheitswettbewerb ein. Was für eine blöde Idee! Fast noch schlimmer als Pferderennen! War nicht jedes Pferd in den Augen seines Besitzers das schönste? Jedes Pferd war auf seine Art besonders!

Leo öffnete das Gatter und führte Hope zum Stall. Am Himmel schien eine freundliche Herbstsonne. Ein Ritt über die Stoppelfelder schien Leo die perfekte Abwechslung zu all ihren Sorgen und Problemen. Sie begann, Hope mit der Bürste von Schmutz und Staub zu befreien. Die Stute schnaubte zufrieden und Leo glaubte bereits, sie satteln zu können. Doch da entdeckte sie einen seltsamen Fleck. Er befand sich seitlich am Hinterteil, war etwa so groß wie ein Zwei-Euro-Stück und völlig kahl. Vorsichtig strich Leo mit dem Finger über die merkwürdige Stelle. Sie sah nicht entzündet aus, auch war kein Blut zu erkennen. Die Stelle war einfach nur kahl. Als wäre Hope das Fell ausgegangen. Leo spürte, wie sich in ihrem Hals ein Kloß bildete. Hastig untersuchte sie Hope nach weiteren auffälligen Stellen. Doch zu ihrer Erleichterung fand sie nichts. Trotzdem fühlte sie sich beklommen. War diese Stelle neu? Oder hatte sie sie gestern beim Putzen übersehen? Wie war sie entstanden? Und was sollte sie jetzt tun?

Leo sah sich Hilfe suchend um. Sicher ist der Fleck

harmlos, versuchte sie sich zu beschwichtigen. Doch ihr Herz klopfte vor Furcht immer heftiger. Was, wenn der kahle Fleck das erste Zeichen einer schweren Krankheit war? Leos Gefühle fuhren Achterbahn. Schließlich hielt sie es nicht mehr aus. Sie stürmte zum Gutshaus, rannte in den ersten Stock und klopfte an die Bürotür. Noch bevor Angelika »Herein« sagen konnte, riss Leo die Tür auf. Angelika befand sich gerade mitten im Gespräch mit einer jungen Pferdewirtin. Beide sahen überrascht auf.

»Es tut mir leid, dass ich störe«, sagte Leo. »Aber Hope hat da so eine komische Stelle …«

Weiter kam sie nicht, denn Angelika sprang sofort auf. Sie schien fast froh über die Unterbrechung. »Das sehen wir uns gleich an«, sagte sie. Mit der Pferdepflegerin im Schlepptau eilte sie aus dem Haus, hinüber zum Stall. Angelika wirkte plötzlich gar nicht mehr müde und erschöpft, sondern wie gewohnt bestimmt und leidenschaftlich. »Es ist sicher nichts Schlimmes«, sagte sie zu Leo. Bei Hope angekommen, zeigte Leo mit zittrigen Fingern Angelika und der Pferdepflegerin die Stelle.

Gemeinsam betrachteten sie das Problem. »Was meinen Sie?«, fragte Angelika schließlich die Bewerberin.

»Also, ein kahler Fleck kann immer leicht durch Abrieb – zum Beispiel durch einen falsch sitzenden

Sattel – entstehen«, sagte das Mädchen. »Aber das ist hier nicht der Fall. Es könnte also eine Allergie oder ein Pilz sein.«

Angelika nickte. »Richtig, so sehe ich das auch.«

Leo fiel ein Stein vom Herzen. Denn eine Allergie oder einen Pilz konnte man behandeln.

»Ein Tierarzt sollte das Blut untersuchen«, schlug das Mädchen vor.

Angelika nickte wieder. Es war offensichtlich, dass sie mit den Antworten und der ruhigen, besonnenen Art des Mädchens hochzufrieden war.

»So machen wir das«, erklärte sie. »Ich rufe ihn gleich an.«

19. Kapitel

Direkt am nächsten Morgen wollte der Tierarzt Dr. Förster bei Hope vorbeischauen. Am liebsten wäre Leo auch gekommen, aber sie musste zur Schule. Immerhin hatte Angelika versprochen, ihr eine SMS zu schicken, sobald die Untersuchungsergebnisse da waren. Doch diese konnten bis zum Mittag auf sich warten lassen, denn Dr. Förster musste erst Hopes Blut im Labor testen.

Gegen besseres Wissen wartete Leo trotzdem ab der ersten Stunde ungeduldig auf Nachricht. Ihr Handy hatte sie auf lautlos gestellt, was dazu führte, dass sie fast minütlich nachsah, ob sie den Vibrationsalarm verpasst hatte. Zwar versuchte sie sich wenigstens im Unterricht zu beherrschen, was aber schwieriger war als gedacht. Auch nach der vierten Stunde hatte Angelika sich noch nicht gemeldet und Leo wurde immer unruhiger.

Sie fragte sich, ob es ein gutes oder ein schlechtes Zeichen war, wenn die Untersuchung so lange dauerte. Endlich – in der sechsten Stunde – vibrierte ihr Handy.

Leider in der Erdkundestunde von Herrn Kleinlich. Leo wusste, dass sie unmöglich das Handy einfach so aus ihrer Tasche holen konnte. Gleichzeitig würde sie es niemals bis zum Ende der Stunde aushalten. Deshalb versuchte sie, das Handy heimlich hervorzuholen. Wie in Zeitlupe beförderte sie es Schritt für Schritt aus der Tasche, bis sie unter dem Tisch einen verstohlenen Blick auf das Display werfen konnte. Tatsächlich hatte Angelika eine Nachricht geschrieben. Sie lautete schlicht: »Kein Befund!«

Leo runzelte die Stirn. Was sollte das heißen? War Hope gesund? Oder hatte der Arzt einfach nur nichts gefunden? Ihr fragender Blick wanderte zu Bea, als plötzlich Herr Kleinlich vor ihr stand.

»Na, kennst du den Stoff schon so gut, dass du dich mit anderen Sachen beschäftigen kannst?«, fragte er scharf.

Leo schluckte und erwartete seine Standpauke.

»Immer diese Handys! Ich werde mich beim Direktor dafür einsetzen, dass es in der ganzen Schule Handyverbot gibt«, schimpfte Herr Kleinlich.

Die Klasse begann zu murren. Jetzt hatte Leo wirklich genug. Warum ging Herr Kleinlich immer nur vom Schlechtesten aus? »Das war eine absolute Ausnahme«, verteidigte sie sich.

»Natürlich, das sagt jeder«, gab der Lehrer zurück. »Das ist doch bloß eine Ausrede!«

»Es ging um etwas total Wichtiges«, versuchte Leo zu erklären. »Mein Pferd ist krank und ich habe auf eine Nachricht gewartet.«

»Du hast ein eigenes Pferd?«, fragte Herr Kleinlich erstaunt. Plötzlich schwang in seiner Stimme beinahe so etwas wie Anteilnahme mit.

»Es gehört mir nicht wirklich«, sagte Leo leise. Aber Herrn Kleinlichs Anflug von Menschlichkeit war schon wieder vorbei. Barsch schnitt er ihr das Wort ab. »Ach so, also nicht dein, sondern nur EIN Pferd.«

Leo konnte es nicht fassen. Am liebsten hätte sie geheult. Sie spürte, wie Bea ihre Hand auf ihr Knie legte. Herr Kleinlich schritt, als hätte er gerade als Feldherr die Alpen überquert, zurück zur Tafel, um von Tessa alle neun Grenzstaaten Deutschlands abzufragen. Gerade in diesem Moment vibrierte das Handy erneut. Wieder war eine SMS gekommen. Doch diesmal ließ Leo das Handy lieber in der Tasche, so schwer es ihr auch fiel. Wohl oder übel musste sie noch 20 Minuten warten. Es fühlte sich an, als würde sie auf glühenden Kohlen sitzen. Endlich ertönte das erlösende Pausenklingeln. Sofort nestelte Leo ihr Telefon so hektisch hervor, dass es ihr beinahe aus den Fingern glitt. Erst im letzten Moment konnte sie es auffangen.

Die neue Nachricht kam allerdings nicht von Angelika, sondern von ihrer Mutter. »Kannst du direkt nach der Schule zu mir zur Arbeit kommen?«, schrieb sie.

»Kann nicht!«, schrieb Leo schnell zurück. Was sollte sie jetzt in der Marmeladenfabrik? Natürlich wollte sie so schnell wie möglich zu Hope!

»Weißt du, was ›kein Befund‹ heißen soll?«, wandte sie sich an Bea.

Ihre Freundin zuckte mit den Schultern. »Ich glaube, dass nichts festgestellt wurde.«

Leo seufzte. Sie wusste immer noch nicht, ob das gut oder schlecht war. Da meldete sich ihre Mutter noch einmal: »Doch! Ist wichtig!«

Also musste Leo wohl oder übel einen Umweg machen, bevor sie nach Mooraue fahren konnte. Kurz ärgerte sie sich über ihre Mutter. Doch dann fiel ihr ein, dass Herr Blankewitz natürlich über Hopes Zustand Bescheid wissen würde und ihr alles erklären könnte.

Nach Schulschluss schlug sie also wieder den Weg in die Südstadt ein. Diesmal brauchte sie den Pförtner nicht mehr zu fragen, den Weg zur Versuchsküche kannte sie ja schon. Die Tür mit dem Gitter stand heute sperrangelweit offen, auch die rote Lampe leuchtete nicht. Also ging Leo direkt hinein. Aber sie traf nur die junge Frau vom letzten Mal. Sie lächelte Leo zu. »Deine Mutter ist nebenan bei Herrn Blankewitz im Konferenzraum«, sagte sie und führte Leo zu einer schweren Eichentür.

Der Raum war überraschend modern eingerichtet.

In der Mitte stand ein riesiger, blitzblanker Tisch, auf dem Broschüren und Mappen lagen. Leo erkannte auch die neue Werbebroschüre mit ihrer Mutter auf der Titelseite. Normalerweise hätte sie sich das Bild gleich genauer angesehen, aber heute war kein normaler Tag.

»Gut, dass du so schnell kommen konntest«, sagte Herr Blankewitz. Er schloss die Tür hinter sich und lief eiligen Schrittes zu Leo.

»Wissen Sie, was mit Hope ist?«

Herr Blankewitz verstand sofort, dass Leo sich Sorgen machte.

»Wir haben sie auf verschiedene Pilze und Unverträglichkeiten getestet, aber keine entsprechenden Antikörper in ihrem Blut gefunden«, erklärte er.

»Heißt das, sie ist gesund?«, fragte Leo.

»Nicht direkt, wir haben nur keine der üblichen Sachen gefunden«, sagte Richards Vater.

»Dann hat sie eine unbekannte Krankheit?« Leo spürte einen Anflug von Angst.

»Leo, für Schlussfolgerungen ist es jetzt noch zu früh, aber mach dir bitte keine Sorgen«, versuchte Herr Blankewitz sie zu beschwichtigen. »Ich bin mir sicher, der Fleck ist harmlos.«

»Und wie geht es jetzt weiter?«, fragte Leo.

»Wir können leider momentan nicht viel mehr tun als beobachten und abwarten«, sagte Herr Blankewitz.

Leo spürte Wut in sich aufsteigen, am liebsten hätte sie mit der Faust auf den Tisch gehauen! Beobachten und abwarten? War das wirklich die beste Idee? Vielleicht handelte es sich um eine exotische Krankheit und Hope war in ernster Gefahr! Wieder wurde Leo schmerzlich bewusst, dass Hope eben nicht ihr Pferd war. Sie gehörte Herrn Blankewitz, und er allein entschied, welche Maßnahmen ergriffen wurden und was das Beste für sie war. Leo atmete tief durch.

»Und wo ist meine Mutter?«

»Sie müsste jeden Augenblick hier sein«, sagte Herr Blankewitz, als Eva Pollinger auch schon durch die Tür kam.

»Liebes, gut dass du hier bist. Wir müssen etwas unter sechs Augen besprechen«, sagte sie.

Leo setzte sich auf einen der Konferenzstühle. Sie hatte nicht die geringste Ahnung, worum es gehen könnte.

»Es ist leider wahnsinnig kurzfristig«, sagte Herr Blankewitz. »Aber ich würde deine Mutter als Gesicht unserer neuen Kampagne gerne mit zur ›Süß und cremig‹, der internationalen Messe für Marmeladen und Süßwaren, mitnehmen. Wärest du damit einverstanden?«

Leo wunderte sich. Deshalb hatte man sie hergebeten? »Ja, klar«, sagte sie.

Aber offenbar hatte sie das Problem nicht begriffen.

»Der Punkt ist«, erklärte nun ihre Mutter, »dass ich dich ja nicht allein lassen kann! Meinst du, du könntest von Samstag bis Montag bei Richard und seiner Mutter bleiben? Luzi Blankewitz würde sich wirklich gerne um dich kümmern.«

Leos Magen zog sich bei diesem Gedanken spürbar zusammen. Noch vor einer Woche hätte sie die Idee fantastisch gefunden. Aber jetzt?

»Ich kann auch alleine zu Hause bleiben«, erwiderte sie rasch.

»Es wäre mir wirklich lieber, wenn du nicht alleine bist«, sagte Eva Pollinger. »Willst du vielleicht zu Bea?«

»Das ist doch eine gute Idee«, rief Leo und sprang auf.

Eva Pollinger sah ihre Tochter kritisch an. »Ich dachte nur, dass du mit ihrer Mutter nicht so richtig klarkommst?«

»Nein, kein Problem«, erklärte Leo im Brustton der Überzeugung. Sie hoffte, dass das Gespräch nun endlich zu Ende war. Sie wollte so schnell wie möglich zu Hope!

»Gut!« Leos Mutter wirkte erleichtert. »Dann lasse ich meinen Flug nach Zürich buchen.«

»Danke für dein Verständnis«, sagte Herr Blankewitz, während Leo in Gedanken schon auf dem Weg nach Mooraue war. Aber Richards Vater hielt sie noch einmal auf. Er zeigte auf die Fotos. »Das sind übrigens die Werbebilder mit deiner Mutter. Möchtest du mal sehen?«

Leo bremste kurz vor der Tür und kehrte zum Konferenztisch zurück, um die Bilder zu betrachten. Sie zeigten ihre Mutter mit blütenweißer, rüschenverzierten Schürze in einer blitzblanken Küche. Mit strahlendem Hausfrauenlächeln präsentierte sie ein Glas Quittenmarmelade.

Leo runzelte die Stirn. Ihre Mutter sah wunderschön aus, aber das Bild wirkte komplett altmodisch.

»Vor wie vielen Jahren ist der Gründer von Blankewitz' feine Quittenkonfitüre gestorben?«, fragte sie.

Richards Vater sah sie verdutzt an. »Vor 150 Jahren. Wieso?«

»Also ihm hätten die Bilder gefallen«, sagte Leo. Dann verließ sie mit einem flüchtigen Abschiedswinken das Büro, um zur Bushaltestelle auf der Hauptstraße zu eilen.

20. Kapitel

Gerade als Leo die Haltestelle erreichte, fuhr ihr der Bus vor der Nase weg. Genervt studierte sie den Fahrplan. Da hielt ein Sportwagen mit offenem Verdeck neben ihr. Es war Björn Pollinger in seinem Jaguar.

»Hey, Leo! Du siehst aus, als ob du eine Mitfahrgelegenheit brauchen könntest«, sagte er.

»Das ist jetzt aber kein Zufall, oder?«, fragte Leo. Irgendwie hatte sie das Gefühl, dass er dieses Treffen geplant hatte.

Aber ihr Vater lachte nur herzlich. »Ich wohne doch gleich hier um die Ecke«, rief er. »Na, wie sieht's aus? Spring rein!«

Leo fand die Situation immer noch sonderbar. Auf der anderen Seite könnte ihr Vater sie schnell zu Hope bringen, das sparte ihr sicher eine Viertelstunde. Schließlich hatte sie schon genug Zeit vertan.

»Kannst du mich vielleicht nach Mooraue fahren?«, bat sie ihn.

»Kein Problem.« Björn Pollinger beugte sich zur Beifahrerseite rüber und entriegelte den Türknopf. Sie war kaum eingestiegen, da gab ihr Vater auch schon Gas, und der Motor röhrte laut auf. Leo wurde förmlich in den Sitz gedrückt. Falls er das tat, um sie zu beeindrucken, hatte er sich dafür den falschen Zeitpunkt ausgesucht. Leo hatte keinen Blick für den Wagen oder das Armaturenbrett mit all seinen Schaltern und kleinen Anzeigen, ihre Gedanken kreisten um Hope.

»Was ist los mit dir, du siehst so traurig aus«, fragte ihr Vater.

»Hope ist krank«, erklärte Leo.

»Oh, und was hat sie denn?« Björn Pollinger schien erschrocken.

»Das ist leider nicht klar. Sie hat da diese kahle Stelle und wurde auf Allergien und Pilzinfektionen untersucht. Aber der Tierarzt hat bisher nichts gefunden«, erzählte Leo.

Ihr Vater nickte. »Ja, es gibt Sachen, die kann ein normaler Tierarzt nicht finden. Gerade wenn es seltene Krankheiten sind. Da kommt so ein Wald-und-Wiesen-Arzt nicht drauf.«

»Ich glaube nicht, dass unser Tierarzt schlecht ist«, protestierte Leo. Sie wusste, dass Angelika größten Wert auf eine gute medizinische Betreuung legte.

»Das wollte ich damit natürlich keinesfalls andeuten«, korrigierte sich ihr Vater schnell. »Lass es mich einfach mal so ausdrücken: Es besteht halt ein gewisser Unterschied zwischen Tierärzten für Alltagskrankheiten mit einer kleinen Praxis und Experten mit einem großen Mitarbeiterstab und den neuesten Gerätschaften.«

Leo horchte auf. »Und wo findet man so einen Arzt?«, wollte sie wissen.

»Ich kenne da einen. Professor Dr. Wiesenwald«, sagte Leos Vater. »Er ist die Koryphäe für seltene Hautkrankheiten bei Pferden. Aber egal, er ist eh viel zu weit weg. Eine Stunde mit dem Pferdeanhänger mindestens. Er macht nämlich keine Hausbesuche.«

»Ich könnte Herrn Blankewitz fragen«, schlug Leo vor.

»Außerdem kostet er auch eine Stange Geld«, gab ihr Vater zu bedenken.

Leo schwieg. Sie hatten inzwischen die Stadt hinter sich gelassen und die offene Landstraße erreicht. Hier war der Jaguar in seinem Element: raubkatzengleich sausten sie durch die Kurven, stets untermalt vom heiseren Fauchen des Motors. Der Wagen stellte eindrucksvoll unter Beweis, dass er seinen Namen nicht ohne Grund trug. Die Bäume und Felder flogen nur so an ihnen vorbei.

»Tja, wenn einem das Pferd gehört, kann man natürlich selbst entscheiden …«, nahm ihr Vater wie nebenbei das Gespräch wieder auf.

Leo schüttelte den Kopf. »Das kommt für uns leider

nicht infrage«, sagte sie. »Mama verdient jetzt zwar viel besser als früher, aber Hope ist ein ausgebildetes Springpferd mit erstklassiger Abstammung. Wir könnten sie uns nie und nimmer leisten.«

Björn Pollinger lenkte das Auto in die Einfahrt von Mooraue. Als er es auf dem knirschenden Kies zum Halten gebracht hatte, drehte er sich wieder zu Leo. »Sag mal, wie fändest du es, wenn ich Hope für dich kaufen würde?«, fragte er.

Leo fiel fast die Kinnlade herunter. Hope sollte ihr gehören, ihr ganz allein? Das wäre mehr, als sie sich jemals zu träumen gewagt hätte! Doch blitzschnell meldete sich ihre Vernunft.

»Das ist wahnsinnig lieb von dir«, sagte Leo nach einer kurzen Pause. »Aber das wäre wirklich ein viel zu teures Geschenk. Das könnte ich niemals annehmen.«

Ihr Vater wirkte enttäuscht. »Leo, bist du dir sicher …«, begann er, aber dann fehlten ihm die Worte. »Na, überleg es dir einfach«, sagte er schließlich und lächelte aufmunternd.

Leo stieg rasch aus, bevor sie es sich anders überlegen konnte. Hätte sie vielleicht doch Ja sagen sollen? Nein, es war die einzig richtige Entscheidung. Ein solches Geschenk würde sie auf ewig zu Dankbarkeit verpflichten. Und was würde ihre Mutter zu all dem sagen? Außerdem: Hope war ihr Pferd – so oder so!

Als sie die Koppel erreichte, fiel ihr auf, dass Hope ihr heute nicht wie sonst entgegenlief. Leo blickte sich verwundert um. Weit und breit war nichts von ihr zu sehen.

Leo begann sich Sorgen zu machen. War etwas passiert? War sie vielleicht doch schwer krank und auf dem Weg in eine Klinik?

Zu allem Unglück gab es keinen, den sie fragen konnte. Nur der alte Kalli stapfte über die Wiese und sammelte Pferdeäpfel auf.

»Wissen Sie, wo Hope ist?«, rief sie zu ihm hinüber.

»Wer bitte?« Schwerhörig hielt er sich die Hand ans Ohr.

»Die braune Stute!«

»Ach die. Ist in der Reithalle. Mit dem neuen Mädchen!«

Im ersten Moment empfand Leo Erleichterung: Immerhin war nichts passiert! Trotzdem verwirrte es Leo, dass Hope ohne sie in der Reithalle war. Angelika würde niemals eine Schülerin auf Hope unterrichten, das wäre für eine Anfängerin auch viel zu gefährlich. Wen meinte der alte Kalli nur? Plötzlich durchfuhr es Leo siedend heiß. Es gab nur ein Mädchen auf Mooraue, das genug Erfahrung mit Pferden hatte: Lara! Schon der Gedanke daran machte sie unbeschreiblich wütend. Sie rannte so schnell sie konnte zur Reithalle und durch das geöffnete Tor. Bei dem Anblick, der sich ihr bot, stockte Leo der Atem. Ihre schlimmsten Befürchtungen hatten sich bewahrheitet: Da war sie, ihre geliebte Stute. Und auf ihrem Rücken saß Lara und galoppierte mit ihr um die Bahn.

An der Seite standen Richard und Bea und sahen gebannt zu. Leo hatte das Gefühl, als würde ihr jemand mit einem Messer ins Herz stechen. Der Boden unter ihren Füßen schien sich aufzulösen.

Gerade als Lara aus dem Zirkel wechseln wollte, trafen sich ihre Blicke. Sie musste den entsetzten Ausdruck auf Leos Gesicht bemerkt haben, denn sie parierte Hope durch und sprang ab. Schuldbewusst lief sie auf Leo zu.

»Es tut mir leid«, rief Lara, »ich hätte dich fragen sollen! Aber ich dachte, du kommst heute nicht mehr!«

Auch Richard und Bea kamen nun angerannt.

»Ich habe es Lara erlaubt«, erklärte Richard. »Sie wollte unbedingt wissen, wie Hope unter dem Sattel ist.«

Leo versuchte die Fassung wiederzugewinnen, sie wollte sich vor Lara keine Blöße geben. Dabei kostete es sie unglaubliche Selbstbeherrschung, nicht in Tränen auszubrechen.

»Ist schon okay«, sagte sie, wobei es ihr nicht ganz gelang, das Zittern in ihrer Stimme zu unterdrücken. »Hope ist ja DEIN Pferd. Ich wollte nur gucken, wie es ihr geht. Außerdem muss ich sowieso gleich wieder weg.«

Im nächsten Moment stürmte sie auch schon Hals über Kopf aus der Halle. Leo wusste nicht, ob ihr jemand folgte. Sie raste über den Waldweg und sah weder nach links noch nach rechts. Zu Hause angekommen warf sie sich auf ihr Bett und endlich konnte sie die Tränen laufen lassen. Eine tiefe Traurigkeit breitete sich in ihr aus. Die Welt schien ihr plötzlich leer und fremd. Ihr Vertrauen zu Richard und Bea war ins Wanken geraten. Und dazu überkam sie diese fürchterliche, alles verschlingende Angst, Hope zu verlieren!

In ihrer Jacke klingelte das Handy, aber Leo fühlte sich zu kraftlos, um auch nur nachzuschauen, wer anrief. Später hörte sie wie aus weiter Ferne das Läuten der Türglocke. Leo drehte sich auf die Seite und starrte an die Wand. Sie hatte das Gefühl, als ob sich alles gegen sie verschworen hatte. Erst nach mehr als einer Stunde konnte sie wieder einen halbwegs klaren Gedanken fassen.

Mit zitternden Händen griff sie nach ihrer Tasche und holte die Visitenkarte ihres Vaters hervor. Dann wählte sie seine Nummer.

Bernd Pollinger nahm sofort ab, als hätte er ihren Anruf schon erwartet.

»Ich habe es mir anders überlegt«, sagte Leo. »Ich möchte, dass Hope mein Pferd wird.«

21. Kapitel

Nach dem Telefonat fühlte Leo sich augenblicklich besser. Natürlich wusste sie, dass sie eine so wichtige Entscheidung niemals ohne ihre Mutter hätte treffen dürfen. Aber diesen Gedanken schob sie erst mal zur Seite. Das Wichtigste war jetzt, dass Hope ganz ihr und nur ihr gehören würde. Sie allein würde entscheiden, welcher Arzt sie behandeln oder wer auf ihrem Rücken sitzen würde.

Noch am Abend bekam sie eine SMS: »Morgen, Freitag, 15 h Kaufgespräch bei Blankewitz auf dem Hof!!!«

Leo wunderte sich. So schnell ging das? Was war Herr Blankewitz doch für ein wunderbarer Mensch, dass er sich mitten im Trubel der Messevorbereitung Zeit für sie nahm! Aber würde er Hope überhaupt verkaufen? Leo wusste, wie stolz er auf die schöne Stute war. Als sie an ihr Zusammentreffen heute Nachmittag dachte, zog sich ihr Magen zusammen. Hatte sie seine Werbekampagne vielleicht doch etwas zu unverblümt kritisiert? Hätte sie diplomatischer sein müssen? Mit jeder Minute, die verging, steigerte sich Leo in immer größere Furcht, dass Herr Blankewitz Hope gar nicht an sie verkaufen würde.

Als ihre Mutter am späten Abend nach Hause kam, versuchte Leo so zu tun, als wäre alles wie immer. Obwohl sie sich schrecklich aufgekratzt fühlte, behauptete sie, hundemüde zu sein, und verzog sich auf ihr Zimmer. Doch sie kam nicht wirklich zur Ruhe. Erst nach einigen Stunden fiel sie in einen schweren, traumlosen Schlaf.

Am nächsten Morgen fühlte Leo sich erst recht nervös und elend. Als sie sich zu ihrer Mutter an den Frühstückstisch setzte, bekam sie vor Aufregung keinen Bissen herunter.

»Liebling, fehlt dir etwas?«, fragte ihre Mutter besorgt.

»Nein, nein, alles gut«, log Leo.

Eva Pollinger legte ihr die Hand auf die Stirn. »Ich glaube, es ist besser, wenn du heute mal zu Hause bleibst«, entschied sie und schickte ihre Tochter zurück ins Bett.

Leo protestierte nicht einmal dagegen. Immerhin kam sie so um den Unterricht bei Herrn Kleinlich herum, und den hätte sie heute nur schwer ertragen können!

Allerdings erwies sich die ablenkungsfreie Grübelei zu Hause als nicht weniger qualvoll. Leo war froh, als es endlich Mittag war und sie zum Hof aufbrechen konnte.

Pünktlich um 15 Uhr traf sie ihren Vater vor dem Gutshaus.

»Weiß Herr Blankewitz eigentlich, warum wir ihn sprechen wollen?«, fragte Leo, während sie die Stufen zum Büro hinaufstiegen. Ihr Vater schüttelte den Kopf. »Ich habe erst mal nur gesagt, dass es um etwas sehr Wichtiges für dich geht.«

Leos Hände wurden kalt und feucht. Lieber wäre es ihr gewesen, wenn Richards Vater schon im Bilde wäre. Nervös betrat sie das Büro.

Herr Blankewitz hatte auf sie gewartet. Er stand von seinem Stuhl auf und begrüßte zunächst Björn Pollinger. Dann ging er auf Leo zu und griff mit beiden Händen nach ihrer Hand. Auf seinen Lippen lag ein warmes Lächeln.

»Leo, ich wollte dir zuerst einmal danken. Du hattest natürlich vollkommen recht!«, sagte er herzlich.

»Mit was?«, fragte Leo verblüfft.

»Mit unserer Werbekampagne!«, rief Richards Vater. »Die Bilder sind wirklich viel zu altmodisch. Wir müssen frisch und modern auftreten. Aber auch exklusiv! Irgendwie auch die jungen Leute ansprechen!«

»Das klingt gut«, erwiderte Leo und verkniff sich jeden weiteren Kommentar.

»Aber nun setzt euch doch bitte«, sagte Herr Blankewitz und bot Leo und ihrem Vater Stühle an. Er selbst nahm wieder hinter seinem Schreibtisch Platz und sah sie erwartungsvoll an. »Was liegt Ihnen denn auf dem Herzen?«, fragte er Leos Vater.

»Erst einmal vielen Dank, dass Sie sich so kurzfristig Zeit für uns nehmen konnten. Ich bin ja selbst Geschäftsmann und weiß, wie schwer das heutzutage ist«, begann Björn Pollinger, bevor er ohne weitere Umschweife auf sein Anliegen zu sprechen kam. »Es geht darum, dass wir Hope gerne kaufen würden.«

Herr Blankewitz sah Leos Vater verdutzt an. »Oh, mit so einer Frage habe ich jetzt überhaupt nicht gerechnet, muss ich gestehen«, sagte er.

Leo fühlte, wie sich ihr Magen zusammenzog. »Wäre es denn möglich, Hope zu kaufen?«, hakte sie vorsichtig nach.

Herr Blankewitz lehnte sich auf seinem Stuhl zurück und sah nachdenklich an die Decke. »Ich würde dir liebend gerne jeden Gefallen der Welt tun«, sagte er schließlich. »Aber auch für mich ist Hope nicht nur irgendein Pferd …«

Leo nickte. Mit dieser Antwort hatte sie gerechnet!

»Als ich Hope damals gekauft habe, begann für mich gerade ein ganz neuer Lebensabschnitt. Und dann hatte sie diese schlimme Verletzung; wir, die ganze Familie, alle haben mit ihr gelitten! Ich kann sogar sagen, dass wir in dieser schweren Zeit durch Hope als Familie noch näher zusammengefunden haben, und irgendwie hat sie auch mich persönlich dahin geführt, wo ich heute stehe. Ich habe einen alten Reitstall gekauft und ihn im Sinne der Pferde umgebaut. Du siehst, Hope ist auch für mich nicht irgendein Tier. Mit ihr sind sehr viele Gefühle verbunden.«

Leo wurde das Gespräch von Sekunde zu Sekunde unangenehmer. Sie bereute es zutiefst, überhaupt gefragt zu haben. Schließlich war ihr doch klar gewesen, dass auch Richards Vater eine besondere Beziehung zu Hope hatte.

Leo sah zu ihrem Vater. Er schien von Herrn Blankewitz' Antwort allerdings eher überrascht. »Falls es am Geld liegen sollte«, begann er. Aber Herr Blankewitz unterbrach ihn sogleich. »Geld ist nicht das Wichtigste, Herr Pollinger. Ich bin mir sicher, dass wir uns auf einen angemessenen Preis einigen könnten. Aber bitte verstehen Sie, ich kann das jetzt in diesem Moment nicht entscheiden. Lassen Sie mich in Ruhe über Ihr Angebot nachdenken«, schloss Herr Blankewitz.

»Ja, klar«, sagte Leo und sprang auf. Sie wollte das Büro und die Situation so schnell wie möglich verlassen.

»Ich sage sofort Bescheid, wenn ich mich entschieden habe«, versprach Herr Blankewitz, während er aufstand und Leo und ihren Vater zur Tür begleitete.

Als sie wieder ins Freie traten, hatten sich graue

Wolken zu einer trüben Masse zusammengeschoben. Die Sonne war nur noch ein verschwommener heller Fleck am Himmel.

»Tja, das hatte ich so nicht kommen sehen«, sagte Leos Vater, während sie die Freitreppe hinabstiegen. Er sah ratlos aus. »Macht nichts, warten wir einfach ab«, erklärte Leo betont munter, obwohl ihr eigentlich zum Heulen zumute war.

22. Kapitel

Kurz nachdem Leo sich von ihrem Vater verabschiedet hatte, setzte ein feiner Sprühregen ein. Der ganze Hof wirkte an diesem ungemütlichen Freitagnachmittag wie ausgestorben. Kaum ein Laut war zu hören. Alle Pferde hatten sich in den Stall verzogen.

Leo fühlte sich noch immer wie vor den Kopf geschlagen. Sie war froh, niemandem zu begegnen. Besonders Richard und Lara wollte sie heute um jeden Preis aus dem Weg gehen. Als sie die Koppel erreichte, war im ersten Moment jedoch auch von Hope nichts zu sehen. Leo spürte ein schmerzhaftes Ziehen in der Brust. Doch da sprengte Hope wie gewohnt über die Koppel zu ihr und galoppierte wiehernd am Zaun entlang.

Leo lachte erleichtert auf. Alles war wie immer! Rasch öffnete sie das Gatter. Hope drängte ihr übermütig entgegen, als hätten sie sich Wochen nicht gesehen. Leo vergrub ihr Gesicht in Hopes feuchter Mähne und atmete tief durch. Wenn sie schon sonst keiner verstand, auf ihre Stute konnte sie sich immer verlassen.

Und das war alles, was zählte. Leo genoss noch eine Weile ihre innige Vertrautheit, bevor sie die Umarmung löste. Sie wollte Hopes kahle Stelle näher untersuchen. Vorsichtig trat sie an Hopes Hinterteil und betrachtete den merkwürdigen Fleck von allen Seiten. Die gute Nachricht war: Er schien unverändert. Leo atmete auf. Aber wenn es nach ihr gegangen wäre, hätte sie trotzdem lieber einen Spezialisten hinzugezogen. Einfach nur abzuwarten war ihr zu wenig.

Mit jeder Sekunde wurde der Regen stärker. Leo beschloss, schnell nach Hause zu gehen. Ihre Mutter würde sicher im Dreieck springen, wenn sie wüsste, dass sie bei diesem Wetter bei Hope auf der Koppel war – obwohl sie doch zu Hause im Bett liegen sollte.

Während Leo auf den Bus wartete, fiel ihr noch etwas ein. Sie musste Bea sehen. So verletzt sie gestern auch gewesen war, es fühlte sich nicht richtig an, ihrer besten Freundin aus dem Weg zu gehen!

Als Leo an Beas Haustür klingelte, war sie vom Regen schon bis auf die Knochen durchnässt. Zum Glück musste sie nicht lange warten. Bea öffnete, und Leo konnte förmlich den Stein fallen hören, der ihrer Freundin auf der Seele gelegen hatte.

»Gut, dass du da bist!«, rief Bea und zog sie mit sich in ihr Zimmer. Dort reichte sie Leo ein Handtuch, damit sie sich die Haare trocknen konnte. »Du glaubst ja nicht, was ich mir für Sorgen gemacht habe! Ich wollte dich gestern unbedingt noch anrufen, um mit dir zu sprechen, aber du bist nicht rangegangen. Und als du dann heute in der Schule gefehlt hast …«

Leo nickte. »Tut mir leid«, sagte sie. »Ich hätte wenigstens was sagen sollen.«

»Ich kann mir schon vorstellen, wie sich das für dich angefühlt haben muss«, sagte Bea. »Ich wäre auch vor den Kopf gestoßen, wenn plötzlich jemand Rosi reiten würde, das kannst du mir glauben.«

Leo lächelte zaghaft. Es tat gut, verstanden zu werden.

»Es war auch nicht so, wie es vielleicht aussah«, fuhr Bea fort. »Lara wollte dich wirklich vorher fragen. Aber nach einigem Hin und Her hat Richard ihr zugeredet. Er dachte, dass du bestimmt nichts dagegen hast.«

»Es ist ja auch sein Pferd«, fügte Leo hinzu, und ein Gefühl von Bitterkeit überkam sie wieder.

»Das hat damit nichts zu tun«, meinte Bea. »Ich glaube, er hat einfach nicht richtig nachgedacht.«

»Ja, das macht es jetzt auch nicht besser«, sagte Leo, mehr zu sich selbst. Bea sah Leo mit großen Augen an. Ihr schien gerade aufzugehen, dass Leo in Richard mehr sah als nur einen Freund. »Ach so«, sagte sie und setzte sich neben Leo aufs Bett. Stumm lehnte sich Leo gegen Beas Schulter. Sie wusste nicht, wie lange sie so dasaßen. Aber es war genau das Richtige für diesen Moment.

»Was ich ganz vergessen habe«, sagte sie schließlich.

»Darf ich von Samstag bis Montag bei dir übernachten? Meine Mutter fährt mit Herrn Blankewitz zu einer Messe.«

»Klar, das wäre toll!« Bea stand auf. »Ich frage gleich meine Mutter.«

»Ich werde mich ihrem Regiment auch bedingungslos unterwerfen!«, versprach Leo.

Gerade als Bea das Zimmer verlassen wollte, hielt Leo sie noch einmal zurück. »Mein Vater wollte übrigens Hope für mich kaufen«, sagte sie.

»Was? Und das erzählst du mir erst jetzt?«, rief Bea und riss die Arme hoch. »Yeeeeah, das ist doch super!«

»Aber es klappt wahrscheinlich nicht«, fügte Leo schnell hinzu. »Herr Blankewitz will Hope nämlich nicht so gerne verkaufen.«

Bea nahm ihre Arme wieder runter und steckte die Hände in die Taschen. »Er überlegt es sich bestimmt noch anders«, sagte sie zuversichtlich.

Leo zuckte mit den Schultern.

»Also, ich gehe jetzt erst mal meine Mutter fragen.« Bea verschwand. Sie hatte kaum die Tür hinter sich zugezogen, da klingelte Leos Handy. Ihr Vater war am Apparat. Das konnte eigentlich nur eines bedeuten! War es ein schlechtes Zeichen, wenn es so schnell ging? Leo hatte frühestens mit einer Entscheidung am nächsten Tag gerechnet. Ihr wurde eiskalt, und sie fühlte, wie ihre Stimme zu versagen drohte.

»Ja, was gibt's?«, brachte sie mühsam hervor.

»Leo, du setzt dich besser hin. Herr Blankewitz hat eben bei mir angerufen!«, begann Björn Pollinger. »Er hat doch zugesagt!«

In Leos Kopf drehte sich alles. »Was? Echt?«, war das Einzige, was ihr über die Lippen kam.

»Ich soll nachher noch vorbeikommen, damit wir die Verkaufsdetails besprechen und den Vertrag unterzeichnen können!«

»Ich glaub's nicht!« Leos Stimme klang noch immer krächzig. »Darf ich mitkommen?«, wollte sie wissen.

»Nein, das mach ich besser alleine«, entschied ihr Vater.

»Aber wir sehen uns danach, oder?« Leo konnte plötzlich kaum noch stillsitzen.

»Klar. So gegen halb acht auf dem Hof«, sagte ihr Vater und legte auf.

Leos Herz raste vor Freude. War das eben wirklich geschehen? Würde Hope tatsächlich schon bald ihr gehören?

23. Kapitel

Vor Freude jauchzend warf Leo sich auf Beas Bett.

»Ja, meine Mutter freut sich auch, wenn du hier übernachtest«, sagte Bea, die gerade ins Zimmer trat.

Leo konnte noch nicht antworten. Sie stürmte auf Bea zu und umarmte sie so fest, dass ihrer Freundin die Luft wegblieb. »Hey, was ist denn mit dir los?«, wollte sie wissen, nachdem sie sich befreien konnte.

»Stell dir vor, Herr Blankewitz hat zugestimmt! Wir dürfen Hope kaufen!«, jubelte Leo.

Jetzt war auch Bea nicht mehr zu halten. Mit einem Aufschrei fiel sie Leo um den Hals und beide hüpften gleichzeitig auf und ab. »Das ist ja absolut fantastisch«, kreischte Bea. »Ich wusste, dass Herr Blankewitz dich nicht hängen lässt!«

Leo hätte platzen können vor Glück. Am liebsten wäre sie sofort zu ihrem Vater gerast, um sich zu bedanken. Aber sie musste sich noch gedulden.

Die nächste Stunde verbrachte sie bei Bea. Von draußen prasselte der Regen unermüdlich gegen die Fensterscheiben. Während Leo auf dem Bett liegend Ausdrucke von Beas Blog las, saß ihre Freundin am Computer und schrieb an einem neuen Artikel.

Sogar zum gemeinsamen Essen blieb Leo, obwohl Beas Mutter nur einen faden Rosenkohleintopf zubereitet hatte. Aber zu Hause war ohnehin niemand – was Leo nur recht war. Sie würde sonst niemals so spät noch mal auf den Hof dürfen, vor allem nicht, da sie ja »krank« war.

Außerdem war ihr klar, dass der Kauf von Hope noch einige Diskussionen nach sich ziehen würde. Dass ihr Vater sich durch dieses Geschenk in ihr Leben drängte, würde ihre Mutter zur Weißglut bringen. Leo beschloss, ihr erst nach der Messe davon zu erzählen. Die Gefahr, dass Herr Blankewitz auf der Geschäftsreise nicht nur über Quittenmarmelade, sondern auch über Hope sprechen würde, verdrängte sie erst mal.

Gegen halb sieben wurde Leo langsam unruhig. Obwohl es noch zu früh war und es immer noch in Strömen regnete, wollte sie endlich los. Auch Bea konnte sie nicht überreden, noch zu warten. Stattdessen lieh sie ihr eine Regenjacke und einen Schirm. Leo konnte sich nicht erinnern, dass ihr nasskalter Regen jemals so wenig ausgemacht hätte. Mit einem wohligen, warmen Gefühl im Herzen trotzte sie dem Unwetter und lief in Rekordzeit zum Pferdehof. In der Einfahrt stand der Mercedes von Herrn Blankewitz. Ansonsten wirkte das

Gelände immer noch wie ausgestorben. Bei diesem Wetter hatte niemand Lust zu reiten. Auch im Gutshaus brannte kein Licht. Das Büro lag im Dunkeln. Waren Herr Blankewitz und ihr Vater etwa schon fertig mit den Verhandlungen?

Leo konnte Björn Pollinger nirgendwo finden. Ganz offensichtlich waren alle schon weg. Also ging sie zum Offenstall, wo die meisten Pferde sich untergestellt hatten. Hope stand dicht am Eingang und schnaubte zufrieden, als sie Leo entdeckte.

»Hey, mein Pferdchen«, sagte Leo und strich der Stute sanft über die Nüstern. Dann betastete sie die kahle Stelle. »Das werden wir so schnell wie möglich in Ordnung bringen, versprochen!«, erklärte sie. »Du bist jetzt nämlich mein Pferd.« Leo schmiegte ihr Gesicht an Hopes Hals und ein Gefühl großer Dankbarkeit und Liebe durchströmte ihren Körper.

»Herzlichen Glückwunsch zu deinem eigenen Pferd«, hörte sie plötzlich eine Stimme neben sich. Es war Herr Blankewitz.

»Oh, Sie sind ja doch noch da!«, freute sich Leo.

»Ich wollte nur noch im Stall nach dem Rechten sehen, bevor ich morgen fahre«, erklärte Richards Vater.

Leo hatte das starke Bedürfnis, Herrn Blankewitz um den Hals zu fallen und einen dicken Kuss zu geben. Aber sie hielt sich zurück. »Ich weiß gar nicht, wie ich Ihnen danken soll«, sagte sie stattdessen.

Aber Herr Blankewitz winkte ab. »Es ist mir eine Ehre.«

Leo lächelte. Diese Antwort war so typisch für Richards Vater! Dann dachte sie wieder an ihren eigenen Vater. Warum war er nicht da?

»Wissen Sie, wo mein Vater ist?«, fragte sie.

Herr Blankewitz zuckte mit den Schultern. »Nachdem wir den Kaufvertrag unterschrieben haben, musste er ganz schnell weg. Wart ihr verabredet?«

»Ja. Merkwürdig, dass er mir nicht Bescheid gesagt hat, dass er wegmuss«, wunderte sich Leo.

»Ich hatte das Gefühl, er hatte es sehr eilig«, sagte Herr Blankewitz. »Sicher hat er es verschwitzt, dir abzusagen.«

»Ja, wahrscheinlich«, sagte Leo.

»Ich will noch nachschauen, ob Cleo und Caesar das Regenwetter vertragen«, verabschiedete sich Herr Blankewitz schließlich. »Und du solltest auch bald nach Hause gehen.«

»Mach ich«, sagte Leo. »Viel Erfolg bei der Messe.«

Einen Moment sah Leo Herrn Blankewitz nach, wie er ruhigen Schrittes den Stall verließ. Ihr wurde wieder einmal bewusst, was für ein netter und guter Mensch Richards Vater war. Dann kramte sie in ihrer Tasche und zog ihr Handy heraus. Aber ihr Vater hatte keine Nachricht hinterlassen. Leicht beunruhigt wandte sie sich wieder Hope zu. »Hoffentlich ist nichts Blödes passiert« sagte sie und strich ihr über die Nase. »Ab jetzt soll nämlich alles nur noch toll und wunderbar werden!«

24. Kapitel

Als Leo zu Hause ankam, war sie nass und durchgefroren. Zum Glück war ihre Mutter noch nicht zurück. Leo zog sich aus und ließ sich ein warmes Bad ein. Gerade als sie in das wohlig warme Wasser eintauchte, hörte sie, wie die Wohnungstür klappte. Wenig später drangen Geräusche von klappernden Tellern und Töpfen an ihr Ohr. Offenbar bereitete Eva Pollinger ein spätes Abendessen vor.

Als Leo aufgewärmt und mit einem Handtuch um das nasse Haar in die Küche trat, knurrte ihr hörbar der Magen. Der Rosenkohleintopf hatte sie nicht wirklich satt gemacht.

Eva Pollinger war in Gedanken noch bei der Arbeit und kam gar nicht auf die Idee, Leo nach ihrem Tag zu fragen. Stattdessen berichtete sie beim gemeinsamen Essen ausführlich über ihre Pläne für den Messebesuch. Die Firma Blankewitz hatte einen pompösen Auftritt geplant, um neue Kunden zu gewinnen. Natürlich standen auch zahlreiche Pressetermine auf dem Programm.

Was es dabei nicht alles zu beachten galt! Leo hörte ihrer Mutter aufmerksam zu. Ja, sie fragte sogar hier und da nach und genoss die harmonische Zweisamkeit.

Als Leo ins Bett ging, überkam sie jedoch ein schlechtes Gewissen. Sie hätte ihrer Mutter sagen sollen, dass Hope nun ihr gehörte! Aber Leo musste sich eingestehen, dass sie sich schlicht noch nicht traute, die Karten auf den Tisch zu legen. Es dauerte ziemlich lange, bis Leo dieses ungute Gefühl verdrängen konnte und endlich einschlief.

Bereits um sechs Uhr morgens wurde sie durch Geräusche geweckt. Es war ihre Mutter, die lautstark in der Wohnung herumwuselte. Leo hörte, wie sie im Flur den Rollkoffer für ihre Reise rumpelnd vom Schrank hob. Aber das machte Leo nichts aus. Selten hatte sie sich an einem Morgen so hellwach und bestens gelaunt gefühlt. Heute lag ein langer Genusstag mit ihrem eigenen Pferd, ihrem wertvollsten Besitz, ihrer geliebten Stute Hope vor ihr.

Der Abschied von ihrer Mutter fiel kurz und schmerzlos aus, denn Eva Pollinger war spät dran und stürzte bereits eine Viertelstunde später Hals über Kopf los zum Flughafen. »Viel Spaß bei Bea«, rief sie noch, dann war sie verschwunden.

Auch Leo hielt es nicht mehr lange zu Hause. Es war noch vor acht Uhr, als sie nach Mooraue aufbrach.

Trotzdem war sie nicht die Erste auf dem Hof. Neben dem Stall standen drei Pferdetransporter. Auf dem Weg zur Koppel entdeckte Leo Tessa und Bibi sowie deren Eltern, die sich gerade mit dem alten Kalli unterhielten. »Wir haben heute unsere Pferde zurück nach Mooraue gebracht«, rief Tessa.

»Wurde auch Zeit«, meinte Leo und umarmte die beiden. Sie freute sich aufrichtig, dass sowohl die Mädchen als auch Paula und Rodin nun wieder bei ihnen auf dem Hof waren.

»Und wem gehört der dritte Transporter?«, fragte sie.

In diesem Moment kam jemand den Weg entlang, den sie hier und jetzt auf keinen Fall erwartet hatte: ihr Vater. Als er Leo sah, schien er ebenfalls verwirrt.

Für einen kurzen Augenblick hatte Leo ein komisches Gefühl, doch dann verscheuchte sie es und winkte ihm zu.

»Was machst du denn so früh hier auf dem Hof?«, fragte sie, als sie sich gegenüberstanden.

Ihr Vater lachte. »Das sollte ich eigentlich dich fragen!« Dann wurde er ernst. »Du hast mir jetzt meine Überraschung vermasselt«, sagte er. »Ich wollte Hope zu Professor Wiesenwald bringen, du weißt ja, der Experte.«

Leo nickte.

»In drei Stunden wäre ich wieder zurück gewesen,

mit einer Salbe oder was auch immer. Wie gesagt, es sollte eine Überraschung für dich sein.«

»Tut mir leid, die habe ich dir tatsächlich vermasselt«, entschuldigte sich Leo.

»Ach, vielleicht ist es sogar besser so«, sagte Björn Pollinger. »Ich befürchte, ich hätte Hope allein gar nicht in den Transporter bekommen. Ich konnte sie schon vorhin auf der Koppel nicht einfangen.«

»Das wundert mich nicht«, lachte Leo. »Sie kennt dich ja überhaupt nicht.«

»Wäre lieb, wenn du mir helfen würdest«, bat ihr Vater.

»Gerne«, entgegnete Leo. Sie war unendlich froh und dankbar, dass ihr Vater Hopes seltsame Erkrankung so ernst nahm und sie sofort untersuchen lassen wollte. Gemeinsam gingen sie zur Koppel und Hope stürmte wie gewohnt zum Gatter. An Leos Seite ließ sie sich brav zum Stall führen. Tessas und Bibis Eltern waren gerade dabei, ihre Autos zu starten. Leo wartete, bis sie mit den Transportern vom Gelände gefahren waren. Nun stand nur noch ein Wagen mit Pferdeanhänger auf dem Hof. Es war ein schäbiges altes Auto mit eingedellter Fahrertür.

»So einen Transport mache ich natürlich nicht mit meinem teuren Jaguar«, sagte Leos Vater, als er sah, wie Leo den Wagen musterte. Dann öffnete er den Transporter und hakte die Querstange am Einstieg aus. Jetzt wurde auch Leo unsicher, ob sich Hope so einfach verladen lassen würde. Tatsächlich blieb sie beim Anblick der offenen Klappe wie angewurzelt stehen.

Leo streichelte ihr zärtlich den Hals. »Es ist nur zu deinem Besten«, flüsterte sie. Aber Hope rührte sich nicht. Also ging Leo einen Schritt auf den Transporter zu. »Es ist wirklich nicht schlimm«, lockte sie die Stute. »Du schaffst das!«

Hope schien ein wenig Vertrauen gefasst zu haben. Ganz langsam machte sie einen Schritt nach vorn, dann noch einen. Als sie die Rampe hinaufsteigen sollte, blieb sie jedoch wieder stehen. Aber Leo gelang es durch weiteres ermutigendes Reden, dass Hope auch diese letzte Hürde überwand.

Björn Pollinger atmete hörbar auf. »Puh, das wäre geschafft. Danke dir.«

Gemeinsam banden sie Hope drinnen fest und verriegelten die Klappe.

»Rufst du mich dann gleich an, wenn du mit dem Professor gesprochen hast?«, fragte Leo. »Ich will unbedingt wissen, was Hope hat!«

»Selbstverständlich«, versicherte Björn Pollinger und stieg in das zerbeulte Auto. Als er vom Hof fuhr, winkte Leo ihm hinterher, bis er aus ihrem Blickfeld verschwunden war.

25. Kapitel

Leo blieb nichts anderes übrig, als nach Hause zu gehen und zu warten. Doch kaum hatte sie die Wohnungstür aufgeschlossen, klingelte ihr Telefon. Es war jedoch nicht ihr Vater – sondern Richard. Für einen Moment zögerte Leo, ob sie rangehen sollte, tat es dann aber doch.

»Entschuldige, dass ich so früh anrufe, Leo. Aber mein Vater ist gerade in Zürich gelandet und hat versucht, deinen Vater anzurufen. Der geht nicht ans Telefon. Weißt du, wo er ist?«

»Unterwegs«, sagte Leo. »Was ist denn los?«

Richard schwieg einen Moment. »Nichts Weltbewegendes«, sagte er schließlich, und Leo konnte hören, dass er versuchte, betont gleichgültig zu klingen.

»Dann kannst du es mir ja erzählen«, sagte Leo.

»Puh, ich weiß nicht, ob das für deine Ohren bestimmt ist …«

Leo verlor langsam die Geduld. »Nun sag schon!«

»Also, dein Vater hat irgendeinen Zahlendreher auf

dem Scheck, irgendwas ist falsch. Sicher ein total blödes Versehen. Aber mein Vater wollte schon gerne nachfragen ...«, erzählte Richard.

Leo spürte, wie ihr Herz unruhig zu poltern begann. Wie konnte das passieren? Wie peinlich!

»Das tut mir leid«, sagte Leo. »Das sollte er tatsächlich so schnell wie möglich erfahren. Aber jetzt ist er gerade mit Hope auf den Weg zu Professor Wiesenwald.«

»Zu wem?«, fragte Richard.

»Das ist ein sehr bekannter Tierarzt, der sich auf Hautkrankheiten bei Pferden spezialisiert hat«, erklärte Leo.

Einen Moment herrschte vollkommene Stille am Telefon. Dann hörte Leo, wie Richard sich räusperte. »Von so einem Arzt habe ich noch nie etwas gehört«, sagte er. Es klang nicht ironisch, nicht provozierend, sondern einfach nur sachlich. Leo fühlte, wie sich ihre Nackenhaare aufstellten.

»Doch, doch, mein Vater ist auf dem Weg zu ihm«, beteuerte sie. Aber in ihre Stimme schlich sich Unsicherheit.

»Okay, wenn du es sagst«, sagte Richard und verabschiedete sich. Leo drückte das Handy an ihre Brust und ließ sich schwer auf ihr Bett fallen. Sie war verwirrt. Dann stand sie wieder auf, ging langsam zum Schreibtisch und schaltete den Computer an. Sorgfältig gab sie den Namen des Professors in die Suchmaske ein. Das Ergebnis bereitete ihr Übelkeit: Es gab keinen Professor Wiesenwald. Nirgends.

Ihr Vater hatte sie belogen. Aber warum? Was war das für ein Spiel, das er da spielte? Leo spürte, wie ihr der Schweiß aus den Poren trat. Hastig nahm sie ihr Handy und wählte seine Nummer. Geh ran!, flehte sie. Geh einfach ran! Aber es meldete sich nur die Mailbox. Schnell wählte sie noch einmal, aber auch beim zweiten und dritten Anruf hatte sie keinen Erfolg. Leo konnte nicht mehr klar denken. Sie wusste nur, dass sie etwas tun musste. Hastig zog sie ihre Jacke an und fuhr mit dem Bus in die Innenstadt. Als sie den schicken Neubau erreicht hatte, in dem ihr Vater wohnte, stand dort die Haustür weit offen. Leo huschte ins Haus und in den Aufzug. Im obersten Stockwerk stieg sie aus. Auch hier stand die Tür offen. Im Hausflur standen zahlreiche Koffer und Taschen. Aus einer ragte das Ende einer Schwimmflosse heraus. Noch während Leo überlegte, was sie davon halten sollte, steckte ein älterer Herr seinen Kopf aus der Wohnung. »Suchst du jemand Bestimmten?«, fragte er.

»Ja, Björn Pollinger«, antwortete Leo.

Das Gesicht des Mannes verdüsterte sich. »Das ist mein Chauffeur«, sagte er und presste wütend die Lippen aufeinander. »Aber wenn du ihn siehst, sag ihm, er soll sich bloß nicht mehr bei mir blicken lassen.«

Leo hatte das Gefühl, den Boden unter den Füßen zu verlieren. Ihr Vater wohnte gar nicht hier? Er hatte sie von vorne bis hinten belogen. Was konnte sie überhaupt noch glauben?

Der Mann vor ihr schimpfte ohne Unterlass weiter. »Schau es dir selbst an!«, sagte er und führte Leo in die Wohnung. Anklagend zeigte er auf sein Aquarium. »Ich hatte Herrn Pollinger gebeten, sich während meines Urlaubs um die Fische zu kümmern und sie regelmäßig zu füttern. Und was ist? Sieh selbst: Keiko und Yoshi geht es überhaupt nicht gut!«

Tatsächlich sah Leo zwei Fische, einen gelben und einen blau-rot gestreiften, die deutliche Schlagseite hatten und ohne sichtbares Lebenszeichen im Wasser trieben.

»Das tut mir leid«, sagte sie mechanisch. Ihr Kopf drohte zu explodieren, sie konnte diese neuen Erkenntnisse kaum verarbeiten. Schlagartig wurde ihr klar: Sie wusste überhaupt nichts von ihrem Vater. Vor allem hatte sie keine Ahnung, wo Hope war und was ihr Vater mit ihr im Schilde führte.

»Haben Sie seine Adresse?«, fragte sie schließlich.

Der Mann schüttelte den Kopf. »Nein, ich habe Herrn Pollinger über eine Agentur eingestellt«, sagte der Mann und ging zu einem Schränkchen im Flur. Nachdem er schimpfend in der obersten Schublade herumgekramt hatte, zog er eine Visitenkarte hervor und gab sie Leo. »Chauffeur-4-U« stand darauf. »Die können dir vielleicht seine Adresse geben«, sagte er. »Aber heute brauchst du es nicht mehr zu versuchen, das Büro ist erst ab Montag wieder besetzt.«

26. Kapitel

Verwirrt und wie betäubt machte Leo sich auf den Rückweg.

Sie fühlte sich verraten und ausgenutzt. Aber fast noch mehr schmerzte sie die Erkenntnis, dass sie ihm auch noch so bereitwillig geholfen hatte. Warum hatte sie es ihrem Vater so leicht gemacht, wie hatte es nur so weit kommen können?

Obwohl sie im Grunde nichts von ihm wusste, hatte sie sich einwickeln lassen und ihm vollkommen vertraut. Dabei hatte ihre Mutter sie mehr als einmal vor ihrem Vater gewarnt. Wie hatte sie nur so dumm sein können, seinen Lügengeschichten blind zu glauben? Erst jetzt fiel ihr auf, dass alles, was er über Mooraue und die Pferde dort gesagt hatte, natürlich auf der Webseite zu lesen war!

Das Entsetzlichste und Niederschmetterndste aber war, dass er Hope bei sich hatte, dass er sie offenbar von Mooraue entführt hatte. Warum? Was hatte er vor?

Leo hatte nicht die geringste Idee, was er mit der

ganzen Aktion bezweckte. Ein Gedanke quälte sie besonders: Sie selbst war es, die so versessen darauf gewesen war, dass Hope ihr gehörte. Alles war doch gut gewesen, wie es war!

Am besten wäre es wohl, sofort Herrn Blankewitz in Zürich anzurufen, überlegte sie. Doch was sollte sie ihm sagen: Mein Vater ist übrigens ein Betrüger, und Hope ist verschwunden? Leo wusste, dass sie das nicht übers Herz brachte. Sie würde endgültig bei Familie Blankewitz unten durch sein. Deshalb entschied sie sich, zuerst zu Bea zu gehen. Vielleicht wusste sie Rat.

Blass und zittrig klingelte Leo an ihrer Tür. Als Bea öffnete, erkannte sie sofort, dass etwas passiert sein musste. Erschrocken nahm sie Leo in die Arme. »Was ist los?«, fragte sie und führte sie in ihr Zimmer.

Unter Tränen erzählte Leo ihr alles, was geschehen war.

Für einen Moment verschlug es auch Bea die Sprache, und sie wusste nicht, was sie sagen sollte. Sie schüttelte nur immer wieder ungläubig den Kopf.

»Herr Blankewitz muss deinen Vater anzeigen!«, sagte Bea schließlich. »Wenn er den Scheck nicht einlösen kann, dann ist das Betrug!«

Leo nickte. »Ich weiß«, sagte sie und brach wieder in Tränen aus. »Ich trau mich aber nicht, ihm die Wahrheit über meinen Vater zu sagen!«

Bea überlegte einen Moment. »Ich frage mich, wo um alles in der Welt er Hope hingebracht hat.«

Leo schüttelte resigniert den Kopf. »Sie könnte überall sein«, schluchzte sie.

»Das glaube ich nicht«, warf Bea ein. »Ein Pferd stellt man ja nicht bei sich im Garten unter. Es braucht einen Stall.«

Bei dem Gedanken an Hope, die vielleicht ganz allein in einer dunklen Box eingepfercht war, schnürte es Leo den Hals zu.

»Ich wette, sie ist ganz in der Nähe«, sagte Bea gedankenverloren.

Leo wischte sich die Tränen aus dem Gesicht. »Nein, jetzt ist alles zu spät«, sagte sie mutlos. »Und spätestens Montag wird auch Herr Blankewitz wissen, dass mein Vater ein elender Gauner ist. Ich brauche mich dann auf Mooraue nie wieder blicken zu lassen.«

»Wir werden eine Lösung finden«, beharrte Bea. »Und wir sollten wenigstens Richard erklären, was passiert ist. Am besten direkt und nicht am Telefon. Lauf nach Mooraue.«

Leo fühlte sich bei diesem Gedanken noch bedrückter als ohnehin schon. Aber sie nickte und ging mit hängenden Schultern zur Tür.

»Alles wird gut«, versprach Bea und strich ihr zum Abschied über die Wange. »Ich werde mir etwas einfallen lassen.«

Leo war Bea unendlich dankbar. Gleichzeitig fühlte sie sich so niedergeschlagen wie noch nie zuvor in ihrem Leben. Schweren Schrittes nahm sie die Abkürzung durch das kleine Wäldchen. Sie hoffte, Richard auf dem Hof zu treffen, schließlich war er in letzter Zeit sehr oft dort gewesen.

Doch ausgerechnet heute war er nirgends zu entdecken. Auf dem Reitplatz sah sie Lara, wie sie mit Karim Seitengänge übte. Am Zaun hingen etwa ein Dutzend junge Reitschülerinnen, die bewundernd jeden Schritt von Karim verfolgten.

Leo suchte auch im Gutshaus nach Richard, doch er war wie vom Erdboden verschluckt. Sie war beinahe erleichtert, denn sie fürchtete sich davor, ihm unter die Augen zu treten. Am liebsten wäre sie diesem Gespräch aus dem Weg gegangen und hätte sich irgendwo verkrochen.

Leo beschloss, zurück zu Bea zu fahren. Dort würde sie sich die Decke über den Kopf ziehen und abwarten. Als sie schon über die Einfahrt zum Hoftor eilte, spazierte ihr Caesar direkt vor die Füße. Leo warf sich zur Seite, um nicht gegen das zarte Alpaka zu prallen. Dabei verlor sie das Gleichgewicht und stürzte. Instinktiv riss sie die Arme hoch, um sich abzufangen. Der scharfkantige Kies zerkratzte ihre Handflächen, aber Leo war viel zu aufgeregt, um den Schmerz zu spüren. Als sie sich hastig aufrappeln wollte, kam Caesar mit seinem wolligen Gesichtchen ganz nah an sie heran. So als wolle er sich versichern, dass ihr nichts Ernsthaftes passiert war. Auch Cleopatra stand plötzlich neben ihr und sah sie mit ihren feucht glänzenden Augen prüfend an.

Leo fühlte die freundliche Wärme der Tiere. Eine heiße Träne lief ihr die Wange herunter. Bevor sie sie wegwischen konnte, schleckte Caesar die Träne mit seiner sanften Zunge fort. Leo atmete tief durch. Plötzlich wurde ihr klar, dass sie nicht wegrennen konnte. Sie musste mit Richard sprechen. So schnell wie möglich. Also stand sie auf, nahm ihr Handy und wählte seine Nummer. Nach mehrmaligem Klingeln nahm er ab.

»Können wir uns heute noch treffen?«, fragte Leo. »Ich muss ganz dringend mit dir reden.«

Richard wirkte nicht im Geringsten verwundert. »Ich bin gerade in der Innenstadt. In einer Stunde könnte ich auf Mooraue sein«, sagte er.

Leo hatte das Gefühl, nicht so lange warten zu können.

»Ich komme dir entgegen«, sagte sie deshalb.

»Okay, dann treffen wir uns in einer halben Stunde im Café am Rathaus.«

27. Kapitel

Leo entdeckte Richard sofort, als sie das Café betrat. Er saß direkt am Fenster. Ohne ihren Schritt zu verlangsamen, lief sie auf ihn zu. Sie war fest entschlossen, schonungslos mit der Wahrheit herauszurücken.

Richard schien zu ahnen, dass es um etwas Wichtiges ging. Erwartungsvoll sah er sie an. Leo setzte sich und sammelte sich kurz.

»Mein Vater hat deinen Vater übers Ohr gehauen«, sagte sie dann rasch, damit die schlimme Tatsache auf dem Tisch war. Anschließend erzählte sie ihm, was in den letzten Tagen passiert war, jedes Detail. Nur das Thema »Lara« ließ sie aus.

Nachdem sie geendet hatte, sagte Richard zunächst einmal nichts. Er rieb sich nachdenklich die Stirn und kniff die Augen zusammen, als habe er Kopfschmerzen. Leos Herz pochte bis zum Hals. Würde er ihr jetzt endgültig die Freundschaft aufkündigen?

»Es tut mir so leid«, sagte Leo. »Ich weiß, dass ich Mist gebaut habe!«

Richard lehnte sich zurück und atmete hörbar aus. »Das Verrückte an der ganzen Geschichte ist«, sagte er schließlich, »dass ich schuld daran bin, dass Hope weg ist.«

Leo schüttelte verständnislos den Kopf.

»Doch, wirklich. Ich habe meinen Vater überredet, dir Hope zu verkaufen«, erklärte Richard.

Leo wusste nicht, was sie sagen sollte. Ihm hatte sie also Herrn Blankewitz' Meinungsumschwung zu verdanken! Leo durchströmte ein warmes Gefühl. »Das war sehr nett von dir«, stieß sie hervor und senkte rasch ihren Blick auf die Tischplatte. Im nächsten Moment überkam sie wieder ein Gefühl von Hoffnungslosigkeit. Richard schien es ähnlich zu gehen. Er war ungewöhnlich blass. Ratlos blickten sie durch das Caféfenster auf das emsige Treiben auf dem Rathausplatz, das so unendlich weit weg schien.

Mitten in ihr Schweigen klingelte Leos Telefon. Es war Bea. Da sie kein eigenes Handy besaß, rief sie vom Festnetztelefon an.

Noch bevor Leo etwas sagen konnte, platzte es aus Bea heraus: »Bingo!«, rief sie. »Ich hab's! Ich weiß, wo Hope ist!«

»Was?« Leo richtete sich kerzengerade auf und sah Richard an.

»Ich habe in meinem Blog eine Vermisstenanzeige geschaltet«, erzählte Bea. »Mit einem Foto von Hope.

Und gerade hat sich ein Mädchen gemeldet. Sie hat geschrieben, dass sie Hope auf Gut Schönholz gesehen hat! Klar gibt es viele braune Pferde, aber sie sagt, dass genau so eine Stute bei ihnen aufgetaucht ist – ich bin sicher, es ist Hope.«

Leo war mit einem Mal hellwach. »Wahnsinn«, rief sie und schickte Bea in Gedanken hundert Küsse hinterher. Sie konnte nicht glauben, dass der Blog, der ihrer Freundin so viel Zeit raubte, sich jetzt als so genial nützlich erwies! »Danke, danke, danke! Ich melde mich gleich wieder«, rief Leo und legte auf. Zu Richard gewandt, sagte sie: »Hope ist in Schönholz! Das ist ein Hof, der nicht so weit weg liegt!«

»Was, wirklich? Großartig!«, freute sich Richard. Auch er war wie elektrisiert.

»Ich fahre jetzt sofort hin und hole Hope zurück!«, verkündete Leo und stand auf. »Wenn dein Vater wiederkommt, wird alles wieder so sein, als wäre nichts geschehen.«

Auch Richard stand auf, aber nur um Leo sanft zurück auf den Stuhl zu drücken. »Du kannst nicht gehen«, sagte er. »Alle Reiterinnen, Trainerinnen und wer weiß wer sonst noch kennen dich aus dem Fernsehen. Du kannst da nicht reinmarschieren, das würde viel zu sehr auffallen! Ich gehe und hole Hope!«

Leo hätte Richard für seine Worte am liebsten umarmt. Er war einfach ein toller Freund! Beinahe stiegen ihr wieder die Tränen in die Augen. Doch im selben Moment fiel ihr etwas ein. »Du kannst auch nicht gehen«, sagte sie. »Keiner von uns kann dorthin. Charlene hat Trinity in Schönholz eingestellt. Wenn wir ihr in die Arme laufen, weiß sie sofort Bescheid. Sie würde keine Sekunde zögern und uns verpetzen.«

Richard zog eine Grimasse. »Charlene, ausgerechnet.« Er überlegte kurz, dann schnippte er mit den Fingern: »Ich hab's! Weißt du, wer für uns nach Schönholz gehen kann?« Triumphierend sah er sie an. »Lara!«

Für eine Sekunde zögerte Leo. Aber jetzt war nicht der Zeitpunkt für Eifersüchteleien. »Meinst du, sie würde uns helfen?«

Richard nickte: »Garantiert! Komm, wir fragen sie!«

28. Kapitel

Gemeinsam fuhren sie mit dem Bus nach Mooraue. Leo rechnete fest damit, dass Lara noch dort war. Doch auf dem Weg kamen ihr wieder Bedenken.

»Denkst du, dass Lara wirklich mitmacht? Es ist nicht gerade ungefährlich. Wenn man sie dabei erwischt, wie sie Hope vom Hof führt, könnte man sie für eine Diebin halten.«

»Schon, aber ich kann mir nicht vorstellen, dass Lara so etwas davon abhalten würde, uns zu helfen. Sie liebt Pferde über alles und findet es sicher schrecklich, was mit Hope passiert ist«, entgegnete Richard.

Er sollte recht behalten. Nachdem die beiden Lara auf Mooraue angetroffen und ihr alles erzählt hatten, stimmte sie sofort zu. »Überhaupt keine Frage, wir müssen Hope zurückholen«, sagte sie.

»Das ist toll von dir«, sagte Leo und meinte es auch so. Die Hoffnung, Hope bald wiederzuhaben, gab ihr neue Energie. »Ich komme natürlich mit. Am besten, wir machen uns gleich auf den Weg!«

»Heute ist es schon zu spät. In einer Stunde beginnt es zu dämmern«, gab Richard zu bedenken. »Wir können Hope nicht im Dunkeln hierherbringen, das ist viel zu gefährlich.«

»Aber wir müssen uns beeilen! Bestimmt bringt mein Vater sie sonst bald schon woanders hin!«, widersprach Leo.

»Ich weiß, wie wir es machen«, schaltete Lara sich ein. »Leo und ich machen uns gleich bei Sonnenaufgang auf den Weg. Wir nehmen einfach die Pferde. Dann sind wir schnell und unabhängig! Wenn wir Glück haben, ist so früh am Tag kaum jemand auf dem Hof.«

»Das ist ein guter Plan.« Richard nickte. »Und ich habe noch einen besseren: Wir übernachten heute alle gemeinsam auf Mooraue und reiten morgen früh zusammen los.«

Leo konnte nicht fassen, wie sehr sich Lara und Richard für sie einsetzten. Für einen kurzen Moment hatte sie das Gefühl, dass alles gut werden würde. Dann fiel ihr etwas ein.

»Da gibt es noch ein Problem«, sagte sie. »Meine Mutter ist verreist und ich bin offiziell bei Bea untergebracht. Ich fürchte, dass mir ihre Stiefmutter nicht erlauben wird, auf Mooraue zu übernachten.«

»Wir sagen einfach, du schläfst bei mir«, schlug Lara vor.

Sofort sah Leo vor ihrem geistigen Auge, wie Beas Stiefmutter bei dieser Frage Lara die Tür vor der Nase zuschlug und anschließend die Nacht im Flur wachte, damit Leo sich nicht heimlich davonstehlen konnte.

»Ich kann mir nicht vorstellen, dass sie das für eine gute Idee halten würde«, sagte Leo. »Sie kennt dich ja nicht einmal.«

»Dann gehen wir halt zusammen zu Bea, und sie lernt mich kennen«, entgegnete Lara. Ihre mitreißende Art gab Leo neuen Mut.

Die drei machten sich sofort auf den Weg durch das kleine Wäldchen zu Bea. Aber bevor sie mit ihrer Mutter sprechen würden, wollten sie Bea noch ihren Plan erklären.

»Ihr glaubt nicht, wie gerne ich mitkommen würde«, sagte Bea, nachdem sie sie eingeweiht hatten. »Aber das ist leider komplett ausgeschlossen.«

»Ja, das dachte ich mir schon«, sagte Leo betrübt.

Richard sprang auf und ging zur Tür. »Dann lasst uns wenigstens gleich fragen, ob Leo mitdarf.«

Aber Lara hielt ihn zurück. »Warte!«, meinte sie. »Ich würde gerne noch wissen, ob uns das Mädchen, das Hope entdeckt hat, vielleicht weiterhelfen kann.«

Bea schüttelte den Kopf. »Nein, Marina ist erst neun Jahre alt.«

»Was, noch so jung? Und so aufgeweckt und hilfreich!« Lara war beeindruckt.

»Sie ist ein großer Fan von Hope«, erklärte Bea. »Sie hat sie im Fernsehen gesehen.«

Jetzt fiel Leo noch etwas ein. »Auf Schönholz arbeitet ein netter Pferdewirt, das haben mir Tessa und Bibi erzählt. Ein ganz junger Typ. Kai oder so heißt der. Vielleicht können wir den fragen?«

Aber nun schüttelte Richard energisch den Kopf. »Wir kennen ihn ja nicht«, sagte er. »Wir sollten auch nicht zu viele Leute einweihen!«

»Okay, dann fragen wir jetzt Beas Stiefmutter«, entschied Leo. Gemeinsam mit Lara und Bea stand sie auf, um an der halb geöffneten Wohnzimmertür zu klopfen. Beas Eltern saßen vor dem Fernseher, den sie auf lautlos stellten, als die Mädchen das Zimmer betraten.

»Ich wollte fragen, ob ich heute ausnahmsweise bei Lara übernachten kann«, begann Leo ohne Umschweife.

Wie befürchtet runzelte Beas Stiefmutter die Stirn. »Ich dachte, du willst es dir mit Bea gemütlich machen?«, entgegnete sie leicht gereizt.

»Mir geht es heute nicht so gut«, schaltete sich Bea schnell ein. »Ich habe so Kopfschmerzen, vielleicht auch Fieber.«

»Und zu Hause bei mir steigt eine Pyjama-Party«, schob Lara hinterher.

»Dann würde ich aber schon gerne mit deinen Eltern sprechen«, forderte Beas Mutter. »Nicht, dass ihr heimlich um die Häuser zieht. Ich trage schließlich die Verantwortung.«

Leo fühlte sich ertappt. Am liebsten wäre sie unauffällig, Schritt für Schritt, rückwärts aus dem Zimmer geschlichen. Doch zu ihrer Überraschung zeigte sich Lara davon vollkommen unbeeindruckt. »Ja, klar«, sagte sie, zückte ihr Handy und wählte eine Nummer. »Paps, es geht um die Pyjama-Party heute«, sagte sie. »Die Mutter einer Freundin will wissen, ob es okay ist, wenn Leo auch dabei ist?« Lara lauschte einen Moment und gab das Handy an Beas Mutter weiter.

»Ja, hallo?«, sagte die und anschließend noch ein paarmal »Ja« und »Aha«.

Leo verfolgte jede mögliche Änderung in ihrem Tonfall mit Herzklopfen. Aber Beas Mutter blieb, wie sie immer war: gleichbleibend grantig. Endlich war das Telefonat beendet. Beas Mutter gab Lara das Telefon zurück. Aber anstatt Leo eine Standpauke zu halten, sagte sie zu ihrer Überraschung: »Ihr sollt euch beeilen. Herr Biskitt sagt, dass alle schon ungeduldig auf euch warten.«

29. Kapitel

»War das wirklich dein Vater am Telefon?«, fragte Richard ungläubig, sobald sie die Wohnung verlassen hatten.

Lara nickte. »Yep.«

»Coole Aktion«, sagte Leo.

»Ja, er vertraut darauf, dass ich das Richtige mache. Das ist sein Erziehungskonzept«, erklärte Lara, fügte aber rasch hinzu: »Ich werde ihm nachher noch Bescheid sagen, dass ich auf Mooraue übernachte.«

»Apropos«, sagte Leo. »Wir sollten noch ein paar Sachen mitnehmen, Essen und so. Ich glaube, bei mir zu Hause steht noch Lasagne in der Tiefkühltruhe.«

»Gute Idee«, entschied Richard. Gemeinsam gingen sie zu Leo in die Wohnung und packten ein paar Klamotten, Getränke und Essbares ein. Dann machten sie sich auf den Weg nach Mooraue. Die Dämmerung hatte schon eingesetzt, abseits der Straßen war es gespenstisch dunkel. Als sie durch das kleine Wäldchen liefen, stolperten sie schwer bepackt mehr als einmal über Wurzeln und Steine. Über den Hintereingang, vorbei an Cleos und Caesars Koppel, gelangten sie auf den Hof. Glücklicherweise war um diese Uhrzeit niemand mehr vor Ort. Selbst der alte Kalli, der in einem kleinen Nebengebäude etwas abseits des Anwesens wohnte, hatte sich bereits zurückgezogen. Richard kramte in seiner Tasche. »Tataaa!«, rief er und zog einen Schlüsselbund hervor. »Der ist fürs Gutshaus.«

»Ist manchmal gar nicht so schlecht, wenn man den Sohn vom Hofbesitzer kennt«, lachte Leo.

Gemeinsam brachten sie die Lebensmittel in die Küche, um das Abendessen vorzubereiten. Die Lasagne machten sie in der Mikrowelle warm. Als Nachtisch waren zwei große Boxen mit Vanilleeis vorgesehen, das mittlerweile etwas angetaut war. Richard und Lara deckten den Tisch, während Leo Eis und Lasagne in gleich große Portionen teilte.

Spätestens jetzt merkte sie, dass sie ordentlichen Kohldampf hatte. Den anderen schien es genauso zu gehen, denn kaum stand das Essen auf dem Tisch, aßen alle mit großem Appetit.

Während des Essens verspürte Leo nicht die geringste Eifersucht, im Gegenteil: Es tat ihr gut, dass sie hier zu dritt beisammensaßen. Es fühlte sich fast ein bisschen an wie Familie.

»Wo habt ihr eigentlich genau gelebt, bevor ihr nach

Deutschland gekommen seid?«, wollte Richard von Lara wissen.

»Bei Lissabon in der Nähe«, berichtete Lara. »Am Rand von einem kleinen Dorf.«

»Vermisst du das nicht manchmal?«, fragte Leo.

»Ja, vor allem die Wärme und dieses besondere Licht«, gestand Lara. »Aber hier ist es auch schön. Ich war in Portugal auch oft sehr einsam. Die Kinder haben einen weiten Bogen um mich und meine Familie gemacht, weil wir anders und nicht von dort waren. Ich war wirklich froh, dass ich Karim hatte. Und natürlich Cleo und Caesar.«

Leo war überrascht, dass auch Lara Probleme haben konnte. Von außen betrachtet hatte ihr Leben traumhaft und sorglos gewirkt.

»Meinst du, Caesar und Cleo fühlen sich hier in Deutschland wohl?«, fragte Richard.

»Auf jeden Fall. Hast du nicht gesehen, wie schnuffig sie vor allem mit Hope sind? Ich glaube, sie sind ein bisschen verliebt in sie«, lachte Lara.

»Ja, das habe ich auch schon bemerkt«, sagte Leo. »Hope ist für sie irgendwie die Leitstute.«

»Am besten, wir gehen früh ins Bett«, meinte Richard, während sie den Abwasch machten. Obwohl Leo bezweifelte, dass sie schlafen können würde, stimmte sie zu. Als Schlafraum wählten sie das gemütliche Büro. Lara bekam das Sofa, Leo schob sich zwei

Sessel zusammen, und Richard holte für sich eine Isomatte. Lara telefonierte noch wie angekündigt mit ihrem Vater, während Leo zusammen mit Richard in die Sattelkammer ging, um für jeden zwei Pferdedecken zu besorgen.

»Ich wollte dir noch sagen, dass ich es toll finde, wie du und Lara mir helft«, sagte Leo unterwegs.

»Das ist doch wohl logisch!« Richard grinste. »Du würdest mir doch auch helfen, wenn ich Probleme hätte, oder?«

Jetzt musste auch Leo lächeln. »Wenn du mal Probleme hättest!«, rief sie. »Ich bin ja hier offenbar die Einzige, die immer alles verbockt!«

Richard wurde ernst. »Leo, das hätte jedem von uns passieren können«, sagte er. »Sogar mein Vater ist auf deinen Vater reingefallen. Er hat ihm vertraut, weil du seine Tochter bist. Dieser Björn ist ein ganz raffinierter Kerl und hat euch beide manipuliert.«

Leo lächelte schief. »Ich werde in Zukunft bei allen Menschen, die ich nicht kenne, misstrauisch sein.«

Aber davon wollte Richard nichts hören. »Nein, Leo, bleib wie du bist. Gesundes Misstrauen ist gut, aber wenn du grundsätzlich voller Argwohn durch die Gegend läufst, vermiest du dir nur dein Leben.«

Leo wusste, dass Richard recht hatte. Sie hätte ihm so gerne noch viel mehr erzählt, aber schon waren sie zurück bei Lara. Die saß am Schreibtisch und hatte eine

Landkarte vor sich ausgebreitet. »Ich habe schon mal einen Weg nach Schönholz gesucht, wo wir möglichst wenig an Straßen vorbeimüssen.« Lara zeichnete mit dem Finger auf der Karte eine Linie nach. »Wenn wir hier entlangreiten, brauchen wir etwa eine Stunde nach Schönholz.«

»Und dann holen wir Hope zurück, und alles wird gut«, sagte Richard. Leo nickte. Sie hoffte inständig, dass ihr Plan funktionieren würde.

30. Kapitel

Leo konnte nicht behaupten, dass sie die gemütlichste Nacht ihres Lebens verbracht hatte. Erst hatte sie vor Aufregung nicht einschlafen können. Dann waren die beiden Sessel ständig auseinandergerutscht, wodurch eine klaffende Lücke entstanden war, in die sie immer wieder hineinrollte. So war sie fast froh, als um halb fünf der Wecker klingelte. Während Richard und Lara den Weckton des Handys mit geübter Hartnäckigkeit ignorierten, sprang Leo auf, um das Frühstück zu machen. In einer Dreiviertelstunde würde die Sonne aufgehen. Spätestens dann wollten sie los.

Gerade als Leo die Kanne mit dem frisch gebrühten Tee auf den Tisch stellte, gesellten sich auch Lara und Richard mit kleinen Augen und zerzausten Haaren an den Frühstückstisch.

»Wunderbar«, freute sich Lara beim Anblick der Toasts, die Leo zubereitet hatte.

Richard sagte zunächst gar nichts. Er schien erst im Laufe des Frühstücks wach zu werden.

»Welche Pferde wollen wir nehmen?«, fragte er Leo, während er sich den dritten Toast in den Mund schob. »Ich glaube, ich käme gut mit Joe zurecht.«

Leo überlegte. »Ich habe keine Ahnung, ich bin bisher nur auf Hope geritten.«

»Ich finde, Luna würde gut zu dir passen«, schlug Lara vor.

Leo dachte kurz nach. »Gute Idee«, meinte sie dann. »Sie ist ruhig, aber nicht trödelig. Das mag ich.«

Nach dem Frühstück machten sie sich bereit für den Ritt. Leo war als Erste fertig. Sie wartete schon ungeduldig an der Tür, als Richard aus dem Büro kam. Beinahe hätte Leo losgeprustet. Richard trug zwar wie gewohnt Jeans und einen Kapuzenpulli, doch an seinen Füßen glänzten elegante Reitstiefel.

Als Richard Leos amüsiertes Gesicht bemerkte, lachte er: »Hey! Die waren ein Weihnachtsgeschenk von meiner Mutter. Also kann ich die bei so einem wichtigen Ereignis auch mal anziehen.«

Leo drängte zum Aufbruch. Die Sonne stieg langsam über den Horizont. Vereinzelt zwitscherten die ersten Vögel. Die Luft war noch frisch und kühl, als sie zur Koppel gingen. Es war nicht schwer, die Pferde herbeizulocken. Karim kam ohnehin von selbst zu Lara, ein Teil der Herde folgte ihm neugierig, darunter auch Joe und Luna. Leo und Richard legten ihnen Halfter an und führten sie zum Stall. Nachdem sie die Pferde gesattelt hatten, zogen Lara und Leo sich Chaps über, und alle setzten ihre Reithelme auf. Dann schwangen sie sich in den Sattel.

»Also ist es jetzt so weit?«, fragte Leo. Die drei sahen sich an und nickten.

Richard machte einen General aus vergangenen Zeiten nach: »Kameraden! Auf geht's!«

Lara rief »Yee-Haw!«, und dann ritten sie los. Durch das Tor, einen Feldweg entlang und schließlich im fliegenden Galopp über Wiesen und Felder.

Auf ihrem Weg nach Moosebach mussten sie für ein paar Minuten am Seitenstreifen einer Landstraße entlang. Zum Glück herrschte um diese Uhrzeit kaum Verkehr. Auf der Hälfte galt es außerdem, eine lange Brücke zu überqueren. Die Kühle des Flusses stieg von unten zu ihnen empor und ließ Leo frösteln. Die meiste Zeit ritten sie schweigend und konzentriert, jeder in seine eigenen Gedanken versunken. Nach gut einer Stunde brachte Lara, die voranritt, Karim zum Stehen. Leo und Richard parierten ebenfalls durch.

»Hier ist es!«, sagte Lara und deutete auf das Gehöft, das etwa hundert Meter vor ihnen lag. Richard griff in seine Satteltasche. Er hatte ein Fernglas eingesteckt, durch das er jetzt hindurchspähte.

»Scheint noch niemand wach zu sein«, sagte er, nachdem er das Gelände eingehend inspiziert hatte.

»Lasst uns trotzdem in Deckung gehen«, schlug Lara vor und deutete auf ein verfallenes Mäuerchen, das früher die Rückwand eines Hauses gewesen war. Sie führten die Pferde dorthin und im Schutz der Mauer zog Lara Reithelm und Chaps aus. »Okay, ich geh jetzt da rein«, sagte sie. »Wenn es Probleme gibt, rufe ich euch an.«

»Oder umgekehrt!«, sagte Richard. Er streckte den Daumen in die Höhe und wünschte ihr viel Glück.

Als Lara sich zum Gehen wandte, hielt Leo sie zurück. Sie umarmte das Mädchen und drückte es fest. Lara riskierte so viel für sie, und Leo war ihr unendlich dankbar.

Lara gab Leo zum Abschied ein Küsschen links und rechts auf die Wange. »Das bringt Glück«, erklärte sie.

Dann lief sie los, quer über das Feld. Leo sah ihr nach, bis sie einen Weg erreicht hatte und aus ihrem Blickfeld verschwand. Eine Minute später tauchte sie am Eingangstor von Gut Schönholz wieder auf.

Richard beobachtete sie mit seinem Fernglas und kommentierte, was er sah. »Sie geht jetzt rein.«

Auch Leo konnte erkennen, wie Lara den menschenleeren Hof betrat und ein Gebäude ansteuerte, bei dem es sich wahrscheinlich um den Stall handelte. Leos Herz begann noch stärker zu klopfen als ohnehin schon. Stand Hope tatsächlich in einer dieser Boxen? Was, wenn sich Marina doch geirrt hatte?

Mit der Hand über den Augen verfolgte sie, wie Lara die Stalltür öffnete und verschwand. Dann passierte für eine Minute gar nichts. Ein Lufthauch ging über die Felder und Leo hörte ihren eigenen Atem. Als Lara nach einer weiteren Minute noch immer nicht den Stall verlassen hatte, wurde auch Richard unruhig. Am schlimmsten aber war der Moment, als wie aus dem Nichts eine Gestalt auf dem Hof auftauchte, die mit einer Schubkarre langsam Richtung Stall ging. Richard senkte das Fernglas und nestelte sein Handy aus der Tasche.

»Verdammt«, sagte er.

»Du musst sie warnen, schnell«, rief Leo.

Nervös wischte Richard über sein Smartphone. Endlich hatte er Laras Nummer gewählt. Doch in diesem Augenblick war die Person samt ihrer Schubkarre bereits im Stall verschwunden.

»Mist«, fluchte Richard.

»Wir hätten besser aufpassen müssen.« Leos Stimme war nur noch ein Flüstern. Sie hoffte inständig, dass Lara sich irgendwo verstecken konnte. Würde sie doch bloß in diesem Moment unbemerkt aus dem Stall schleichen!

Wieder verstrichen lange Minuten. Leo fühlte sich immer elender. Nun hatte sie auch noch Lara und Richard in ihre Probleme hineingezogen. Innerlich bereitete sie sich schon darauf vor, Richtung Schönholz loszustiefeln und zu beichten, dass sie Lara angestiftet hatte, auf fremden Höfen herumzuschleichen. Doch dann tat sich wieder etwas. Die Stalltür ging auf und Lara und die andere Person verließen gemeinsam das Gebäude. Mehr konnte Leo nicht erkennen. Atemlos sah sie zu Richard. »Entwarnung«, sagte er und senkte einen Moment das Fernglas. »Die beiden reden miteinander – freundlich, wie es scheint.«

Leo spähte angestrengt Richtung Gutshof. »Mit wem spricht sie?«

»So ein Typ mit roten Haaren, eher jung«, beschrieb ihn Richard.

»Das ist bestimmt Kai. Der Pferdewirt, von dem Tessa und Bibi gesprochen haben«, vermutete Leo. In ihr keimte Hoffnung auf. Denn Bibi und Tessa hatten ihn als freundlich und pferdeliebend beschrieben, ja sie hatten regelrecht von ihm geschwärmt.

Richard starrte weiter in sein Fernglas. Lara und Kai schienen sich angeregt zu unterhalten. »Jetzt lachen sie sogar«, gab er durch.

Doch im nächsten Moment sah Leo aus den Augenwinkeln, wie ein klappriges gelbes Auto über die Landstraße Richtung Schönholz fuhr. Im ersten Moment dachte sie, sie hätte sich getäuscht. Aber nein. Es war das Auto ihres Vaters!

»Schnell, ruf Lara an! Mein Vater kommt!«, rief sie entsetzt. So früh hatte sie nicht mit ihm gerechnet.

Diesmal gelang es Richard deutlich schneller, Lara zu warnen. »Leos Vater ist im Anmarsch«, rief er ins Telefon. Aber Lara blieb cool. Sie sagte nur »Alles klar« und legte auf. Erstaunt stellte Leo fest, dass sie keine Anstalten machte, sich zu beeilen. Sie sah, wie sie Kai in aller Seelenruhe die Hand gab und sich herzlich verabschiedete. Dann ging sie gemächlich über den Hof Richtung Ausgang, gerade als Leos Vater durch die Einfahrt fuhr und seinen Wagen zum Halten brachte. Geschäftig stieg er aus dem Auto und lief Richtung Stall. Für Lara hatte er keinen Blick übrig.

»Vielleicht sollte ich einfach zu ihm gehen und ihn zur Rede stellen«, überlegte Leo laut.

Aber Richard schüttelte den Kopf. »Erst mal abwarten!«, sagte er und reichte Leo das Fernglas. Sie sah, wie Lara – anstatt schleunigst das Gelände zu verlassen – seelenruhig zu dem gelben Wagen zurückkehrte. Sie blickte sich kurz um, dann öffnete sie die Fahrertür und beugte sich in das Innere des Fahrzeugs.

»Was macht sie da bloß?«, fragte Leo mit steigender Nervosität. Rasch richtete sie das Fernglas wieder auf den Stall. Aber zum Glück blieb das Tor zu. Leo wechselte zurück zu Lara. Sie sah, wie sie ihren Kopf aus dem Auto zog und irgendetwas unter ihrem T-Shirt versteckte. Dann drückte sie die Autotür sanft ins Schloss und verließ schnellen Schrittes den Hof.

31. Kapitel

Ungeduldig warteten Leo und Richard auf Laras Rückkehr. Auch Karim scharrte schon nervös mit den Hufen. Luna und Joe ließen sich von seiner Unruhe anstecken und hoben angespannt die Köpfe.

Zum Glück war Lara keine drei Minuten später bei ihnen.

»Erst einmal die gute Nachricht«, erklärte sie außer Atem. »Hope ist hier! Ihr geht es gut!«

»Und die schlechte?«, fragte Leo.

»Ist die, dass dein Vater ein wirklich ausgefuchster Ganove ist.«

»Das ist leider nichts Neues für mich.« Trotzdem füllten sich Leos Augen mit Tränen. Sie war so enttäuscht.

Lara war mittlerweile wieder zu Atem gekommen. Sie tauschte einen besorgten Blick mit Richard. »Leo, halt dich bitte fest: Dein Vater hat gleich einen Termin mit einem Käufer für Hope.«

Leo begriff zuerst nicht, was Lara sagte. Käufer? Termin? Erst mit Verzögerung sickerte die Bedeutung dieser Worte in ihr Bewusstsein. Sie hatte das Gefühl, in tausend Stücke zu zerspringen. Als Lara Leos verstörten Blick sah, nahm sie sie fest in die Arme. »Es tut mir leid«, sagte sie. »Der Käufer ist ein chinesischer Millionär. Er will Hope heute noch nach Nanking verschiffen lassen. Angeblich zahlt der Chinese einen hohen sechsstelligen Betrag. Bar!«

»Dann macht Leos Vater ein gutes Geschäft«, stellte Richard fest. »Mein Vater hat ihm Hope für viel, viel weniger Geld verkauft. So eine Art Freundschaftspreis.«

Allmählich durchschaute Leo, wie perfide der Plan war. »Dann wird mein Vater sich morgen bei deinem Vater für den Zahlendreher auf dem Scheck entschuldigen und ihm das Geld geben. Sein Betrug würde nicht mal auffallen!«

»Und Hope wäre auf dem Weg nach China«, ächzte Richard.

Leo begann zu weinen. »Mein Vater hat alles von langer Hand geplant«, stieß sie unter Tränen hervor. »Er hat das schon eingefädelt, als ihm Hope noch gar nicht gehörte. Er hat mich nur benutzt, um sie kaufen zu können!«

Lara drückte Leo noch einmal fest an sich. »Wir haben noch eine Chance!«, sagte sie. »Vielleicht habe ich uns eine kleine Galgenfrist verschafft. Guckt mal, was ich aus seinem Auto gefischt habe.« Lara zog eine schmale Dokumentenmappe unter ihrem T-Shirt hervor und überreichte sie Leo.

Hastig blätterte Leo die Papiere durch. Ihre Miene hellte sich auf. »Das ist ja der Kaufvertrag! Und Hopes Pferdepass!«, rief sie.

»Ohne das hier kann er Hope auf keinen Fall verkaufen, genial!« Richard zeigte triumphierend auf die Mappe. »Super, Lara!«

»Und noch was«, sagte Lara und reichte Leo eine Cremetube. Es war eine Enthaarungscreme aus der Drogerie. »Das sorgt auf chemische Weise dafür, dass Haare mit der Wurzel ausfallen. Eigentlich ist so was für Menschen gedacht, aber bei Pferden scheint es auch zu funktionieren.«

Leos Blick verdüsterte sich, als sie die Tube sah. Also war auch Hopes Krankheit Teil des Plans gewesen.

»Mich wundert gar nichts mehr«, sagte sie und wischte sich die letzten Tränen aus den Augenwinkeln. »Aber immerhin bedeutet es, dass Hope nicht krank ist.« Bei diesem Gedanken konnte Leo fast ein bisschen lächeln.

In diesem Moment sahen sie in der Ferne eine dunkle Limousine, die sich rasch dem Hof näherte. Keine Minute später hielt sie neben dem gelben Wagen auf dem Hof. Leo konnte sehen, wie ein Mann aus dem Auto stieg und von ihrem Vater mit einer tiefen Verbeugung begrüßt wurde.

»Es ist der Chinese«, sagte Richard, der die Szene durch sein Fernglas beobachtete. »Sie gehen zum Stall.«

Zu Leos Überraschung standen Björn Pollinger und der Käufer kaum eine Minute später wieder draußen auf dem Hof. »Die sind sich aber schnell handelseinig geworden«, kommentierte Lara. Tatsächlich stapfte Björn Pollinger mit zufriedenem Gesicht zu seinem Auto und öffnete die Fahrertür.

»Ha, gleich wird er den Schreck seines Lebens kriegen!«, freute sich Richard. Auch Lara und Leo spähten gespannt Richtung Hof. Sogar aus dieser Entfernung konnten sie erkennen, dass Björn Pollingers Gesicht hochrot angelaufen war, als er den Kopf wieder aus dem Wagen zog und sich mit einer Geste des Bedauerns zu dem Chinesen wandte. Leo sah, wie der Käufer wütend mit den Armen fuchtelte, während ihr Vater versuchte, ihn mit diensteifrigen Bücklingen zu beschwichtigen. Der Chinese ging zu seiner Limousine, die Tür klappte, und er brauste vom Hof. Björn Pollinger sah ihm mit verschränkten Armen nach. Dann trat er vor Wut gegen einen der Reifen, stieg ebenfalls in sein Auto und fuhr davon.

»Was ist, wenn er eine Kopie des Kaufvertrags zu Hause hat?«, fragte Leo, die die Szene atemlos verfolgt hatte.

»Er wird auf jeden Fall eine Kopie haben«, prophezeite Richard.

»Und er wird sie vermutlich jetzt holen«, fügte Lara hinzu.

»Dann gehe ich sofort rein und hole Hope«, sagte Leo und wollte losmarschieren. Doch Lara hielt sie auf. »Warte einen Moment. Gleich wirst du Hope nur noch rufen müssen!«

Leo sah Lara verwirrt an. Sie verstand nicht, was sie ihr sagen wollte.

»Kai hat mir erzählt, dass Hope seit ihrer Ankunft nicht mehr aus der Box durfte«, erklärte Lara. »Und dass er sie – auch wenn es ihm strikt verboten wurde – gleich auf die Koppel lassen will.«

Tatsächlich: Als Leo Richtung Hof spähte, sah sie, wie Kai mit seinem gut erkennbaren Feuerschopf gerade ein Pferd aus dem Stall führte – es war Hope!

Leos Herz begann bei ihrem Anblick wie verrückt zu schlagen. Endlich! Am liebsten wäre sie zu ihr gerannt. Aber Leo bemerkte, dass mittlerweile eine kleine Gruppe Reitschüler das Gelände betreten hatte und sich auf dem Hof immer mehr Leute tummelten.

Kaum hatte Hope die Koppel betreten, galoppierte sie die kleine Fläche in alle Richtungen ab. Es war offensichtlich, dass sie in den letzten 24 Stunden viel zu wenig Bewegung gehabt hatte.

»Du musst sie nur rufen«, wiederholte Lara ihre Aufforderung. »Sag ihr, dass sie zu dir kommen soll!«

Aber Leo schüttelte verzweifelt den Kopf. »Das hat

keinen Sinn. Nie im Leben wird sie über den Koppelzaun springen. Wir haben nicht genug geübt! Sie hat immer noch Angst vor hohen Sprüngen!«

»Doch, das wird sie«, versicherte Lara ihr. »Stell es dir ganz intensiv vor! Vertraue auf dich!«

Leo sah Lara entgeistert an. Meinte sie das ernst? Sie erinnerte sich daran, wie Lara Bea von ihren übernatürlichen Ideen erzählt hatte. Damals hatte sie sich nur über Lara geärgert. Aber musste sie es jetzt nicht wenigstens versuchen?

Leo trat näher an die Koppel heran. »Hope«, flüsterte sie. »Komm zu mir!«

Hope rannte auf der Koppel noch immer wie eine Besessene von einem Ende zum anderen.

»Hope!«, rief Leo nun ein bisschen lauter. Obwohl es unwahrscheinlich war, dass Hope sie gehört hatte, verlangsamte die Stute ihr Tempo. Mit gespitzten Ohren näherte sie sich dem Koppelzaun und lief unruhig daran auf und ab. Leo konnte nicht anders, sie schlich noch ein Stück näher heran. Lara und Richard sahen sich besorgt an. War das nicht schon zu nah? Was, wenn sie jetzt entdeckt würden? Leo suchte hinter einem üppigen Dornenbusch Deckung. »Hope!«, rief sie wieder und schloss die Augen. »Spring!«, flüsterte sie. »Bitte komm zu mir!« In ihrer Vorstellung sah sie Hope, wie sie über die Koppel sprengte, wie sie ihre Stimme hörte, stehen blieb, sich suchend umsah. Leo versuchte dieses Bild zu verstärken. Sie schickte all ihre Liebe und Sehnsucht auf die Koppel, die dort ungefähr fünfzig Meter vor ihr lag. Sie sandte sie an Hope, bis sie sich ihr so nahe fühlte, dass sie meinte, ihr Fell und ihren warmen Atem zu spüren. Sie sah Hope, die zuerst langsam, dann immer schneller und schneller auf den Zaun zuhielt. Im nächsten Moment sprang sie auch schon mit ihren kräftigen Hinterläufen ab. Es war ein gewaltiger Sprung. Er hob sie weit über die Begrenzung hinüber auf die weite Wiese, die sie nur zu überqueren brauchte, um bei Leo zu sein.

Leo öffnete die Augen. Hope lief noch immer am Koppelzaun auf und ab. Aber es hatte sich etwas verändert: Sie hielt ihren Kopf ohne Unterlass aufmerksam auf die Wiese gerichtet, hinter der Leo auf sie wartete. »Hope!«, rief Leo. Und noch einmal »Hope, ich bin hier!«. Dann schloss sie wieder die Augen, nur einen Moment. Doch irgendetwas zwang sie, sie gleich wieder zu öffnen. Und da sah sie ihn: den unglaublichen Moment, in dem Hope sprang! Sie hatte den Boden unter ihren Hufen bereits verlassen und erreichte gerade den höchsten Punkt, bevor sich ihr Kopf senkte und sie mit den Vorderbeinen in der Freiheit landete. Einem inneren Impuls folgend wollte Leo ihr sofort entgegenrennen. Doch sie konnte sich nicht bewegen. Sie war starr vor Glück. Wiehernd flog ihr Hope über die Wiese entgegen, kam näher, war da. Stürmisch strich Hope mit ihrem großen Kopf über Leos Gesicht, während Leo mit beiden Händen durch Hopes Mähne fuhr und ihren Hals mit tausend Küssen bedeckte. Sie war so glücklich, dass ihr Herz fast platzte. Am liebsten hätte sie diesen Augenblick eingefroren, damit er niemals endete. Doch da hörte sie Richard ihren Namen rufen. »Leo, beeil dich! Wir müssen hier weg!«

Leo wurde plötzlich klar, dass Hopes spektakuläre Flucht auch den Leuten auf dem Hof aufgefallen sein musste. So schnell sie konnte, rannte sie mit Hope im Schlepptau zurück zu Richard und Lara hinter die kleine Mauer. Lara wartete bereits auf Karim sitzend, während Richard Leo den Reithelm in die Hand drückte und ihr mit einer Räuberleiter auf Luna half. Leo streifte Hope Halfter und Führstrick über, und im nächsten Moment sprengten sie gemeinsam mit allen Pferden über die Wiese Richtung Mooraue. Erst als sie ein kleines Waldstück erreicht hatten, wurden sie langsamer. Sie hatten es tatsächlich geschafft, sie waren in Sicherheit.

32. Kapitel

Zügig, aber ohne Eile bewegte sich die kleine Gruppe Richtung Mooraue. Mal galoppierten sie über ein Feld, dann trabten sie über Wiesenwege oder gingen am Waldrand im Schritt.

Leo hatte die ganze Zeit ein glückliches Lächeln im Gesicht. Immer wieder warf sie einen zärtlichen Blick auf Hope, die mit Luna gleichauf an ihrer rechten Seite lief. Sie konnte es kaum erwarten, ihre Stute wieder in ihrer vertrauten Umgebung zu wissen, zusammen mit Rosi und den anderen Pferden des Hofs. Dann würde alles wieder gut sein.

Als sie das Eingangstor passierten, fühlte sie sich erleichtert und unbändig stolz. Sie hatten Hope zurückgebracht.

Vor dem Stall wartete bereits Bea auf sie. Sie stürzte den dreien erleichtert entgegen und nahm ihnen Hope ab.

»Wir haben es geschafft«, jubelte Leo. »Wir sind wieder hier!«

»Ihr müsst mir unbedingt alles erzählen!«, rief Bea und umarmte ihre Freundin überschwänglich.

Doch zuerst sattelten Lara, Richard und Leo ihre Pferde ab und brachten sie in den Stall, wo sie in Ruhe trinken konnten. Dann öffneten sie das Weidetor, damit die vier Pferde abschwitzen und zur Ruhe kommen konnten. Hope lief leichtfüßig wie ein Rennpferd neben Leo her, sie schien froh, wieder zu Hause zu sein. Auf der Weide zog sie ausgelassen ein paar Runden, beschnupperte den Boden, und schon lag sie im Gras und drehte sich auf den Rücken, um sich genüsslich zu wälzen.

»Oh, da geht es aber jemandem gut!«, freute sich Lara.

Dann setzten sie sich zusammen auf die Bank vor dem Stall und erzählten Bea, was sich an diesem Morgen zugetragen hatte.

Als sie geendet hatten, schüttelte Bea ungläubig den Kopf. »Und Hope ist wirklich gesprungen, weil Leo es sich so sehr gewünscht hat?«

»Es war unglaublich!«, bestätigte Leo und sah Lara an.

Lara lächelte geheimnisvoll. »Vielleicht hat Hope Leo auch nur gewittert. Oder wollte nicht mehr eingesperrt sein – wer weiß?«

»Auf jeden Fall ist sie gesprungen«, stellte Richard fest. »Warum, darüber können wir nur spekulieren.«

Bea seufzte. Es war ihr anzusehen, dass sie lieber an die romantische, zauberhafte Version der Geschichte glauben wollte.

»Aber Leos Vater ist ein echter Halunke. Es würde mich nicht wundern, wenn wir mit ihm noch einmal zu tun bekommen«, wechselte Richard das Thema. Kaum hatte er den Satz beendet, entdeckte Leo auf der Straße, die zum Hof führte, den Wagen ihres Vaters. Er fuhr deutlich schneller als die vorgeschriebene Höchstgeschwindigkeit. »Mist, da ist er schon«, sagte sie.

»Sie werden ihm auf dem Hof gesagt haben, dass Hope geflohen ist. Jetzt wird er sie mit Sicherheit zurückfordern. Wir dürfen nicht zulassen, dass er auf den Hof kommt«, sagte Richard und stürmte los Richtung Einfahrt.

»Schnell, versteckt Hope!«, bat Leo Lara und Bea und lief Richard hinterher. Aber so sehr sie sich auch beeilten, es gelang ihnen nicht, Björn Pollinger den Zugang zum Hof zu verwehren. Gerade als sie das Gutshaus erreichten, hielt das gelbe Auto mit quietschenden Reifen in der Einfahrt. Björn Pollinger sprang mit hochrotem Kopf heraus. Als er Leo entdeckte, stapfte er ihr wütend entgegen. »Wo ist mein Pferd?«, brüllte er.

Leo wich nicht zurück, sie empfing ihn mit verschränkten Armen. »Ich weiß nicht, wovon du sprichst. Ist Hope nicht bei diesem Professor Wiesenwald?«, fragte sie spöttisch.

Die Bemerkung saß. Für einen Moment schwieg Björn Pollinger und sah Leo verwundert an.

»Ich weiß nicht, wie du es angestellt hast, aber ich bin mir sicher, dass Hope hier ist!«, sagte er dann grimmig.

Leo erwiderte nichts. Sie verschränkte nur die Arme ein wenig fester und sah ihren Vater herausfordernd an.

Dieser versuchte es jetzt auf eine andere Tour. »Dass ich Hope weggebracht habe, war doch nur zu ihrem Besten«, erklärte er mit samtweicher Stimme. »Ich wollte, dass sie wegen ihrer Krankheit in Quarantäne kommt, damit sie nicht noch mehr Pferde ansteckt.«

Leo schüttelte den Kopf. »Hör bitte auf mit deinen Lügen«, sagte sie leise.

Auf Björn Pollingers Gesicht zeigte sich grenzenlose Wut. Rücksichtlos versuchte er an Leo und Richard vorbeizustürmen. Doch Richard hielt ihn am Ärmel fest. »Halt! Sie dürfen hier nicht einfach rein!«, rief er.

»Und wer bist du?«, fragte Björn Pollinger verächtlich und riss sich los.

»Ich bin Richard Blankewitz. Meinem Vater gehört der Hof«, antwortete Richard.

»Ach was! Du bist nur ein Junge!«, schimpfte Leos Vater. »Und vielleicht auch ein Dieb! Aber dieses Pferd, das hier irgendwo steckt, gehört mir!« Er nestelte ein Papier aus seiner Brusttasche und faltete es auf. »Hier, der Kaufvertrag! Unterschrieben von deinem Vater!«

Leo und Richard sahen sich beunruhigt an. Björn

Pollinger nutzte den Moment und lief an ihnen vorbei Richtung Stall. Leo und Richard folgten ihm. »Der Vertrag ist nichtig!«, rief Richard. »Es ist besser für Sie, wenn Sie jetzt gehen!«

Aber Leos Vater ließ sich nicht aufhalten. Grimmig untersuchte er jede Ecke des Gebäudes. Als er nichts fand, setzte er seine Suche auf der Weide und den Koppeln fort.

Leos Herz schlug ihr bis zum Hals. Er durfte Hope auf keinen Fall finden! Aber Lara und Bea schienen Hope gut versteckt zu haben. Björn Pollinger wurde von Minute zu Minute verzweifelter. »Sie ist hier! Ich weiß es!«, rief er.

Gerade als er zurück zum Stall lief, betrat Angelika den Hof. Sie erkannte sofort, dass hier etwas Ungutes im Gange war.

»Darf ich fragen, wer Sie sind?«, fragte sie und stellte sich Björn Pollinger in den Weg. Richard und Leo atmeten auf. Rasch liefen sie zu Angelika und stellten sich hinter sie.

Björn Pollinger lachte höhnisch. »Mit welchem Recht fragen Sie mich?«

Angelika sah Leos Vater fest in die Augen. »Ich bin hier die Stallmanagerin und habe das Hausrecht«, sagte sie. In ihrer Stimme klang so etwas wie Stolz. »Und wenn Sie nicht augenblicklich verschwinden, rufe ich die Polizei.«

Diese Drohung ließ Leos Vater erbleichen. Endlich schien er zu begreifen, dass er verloren hatte. Er ließ den Kopf sinken. »Ich hätte das Geld so dringend gebraucht«, murmelte er. Überraschenderweise wandte er sich noch einmal an seine Tochter.

»Es tut mir leid«, sagte er leise. »Ich weiß, ich bin eine ziemliche Enttäuschung für dich.« Dann eilte er ohne sich noch einmal umzublicken zu seinem Wagen, stieg ein und fuhr davon.

Angelika sah ihm mit hochgezogenen Augenbrauen hinterher. »Ich glaube, ihr müsst mir einiges erklären«, sagte sie.

33. Kapitel

»Gleich!«, rief Leo. »Erst muss ich zu Hope!«

In diesem Moment sahen sie Bea vorsichtig um die Ecke des Gutshauses spähen. »Ist die Luft rein?«, fragte sie.

Auch Richard wirkte, als hätte man ihn von einem Mühlstein befreit. Fast übermütig rief er: »Reiner als rein! Aber wo habt ihr Hope hingezaubert?«

Bea lächelte stolz. »Kommt mit, ich zeig es euch.«

Während sie Bea folgten, erzählte Leo Angelika in wenigen Sätzen, was passiert war.

»Das kann doch wohl nicht wahr sein. Euch kann man ja keine Minute allein lassen!«, rief die Pferdetrainerin entgeistert. Aber irgendetwas in ihrer Stimme verriet, dass sie auch ein wenig stolz auf Leo, Lara, Richard und Bea war. Als sie sich Cleos und Caesars Koppel näherten, ging Leo langsam ein Licht auf. »Nein!«, rief sie ungläubig. »Ihr habt Hope doch wohl nicht dazugesteckt?«

»Na ja, faktisch gesehen schon«, gestand Bea. »Aber Caesar und Cleo haben dann nicht mehr reingepasst.«

Tatsächlich standen die beiden Alpakas etwas ratlos vor ihrer Behausung. Leo musste lachen bei ihrem Anblick.

Im nächsten Moment streckte Lara ihren Kopf aus dem Stall.

»Hope hat einen neuen Lieblingsplatz«, sagte sie strahlend. Leo betrat den Stall und glaubte ihren Augen nicht zu trauen: Hope ruhte mit angewinkelten Beinen gemütlich im sattem Stroh, als sei dies ihr Stammplatz. Kaum erblickte sie Leo, stemmte sie sich schnaubend hoch. Ihren Kopf behielt sie jedoch vorausschauend gesenkt, denn die Decke des Alpakastalls war für die große Stute viel zu niedrig.

Leo streichelte ihr zärtlich über den Hals. »Du glaubst nicht, wie froh ich bin, dich wiederzuhaben«, flüsterte sie. Dann führte sie Hope ins Freie. Auch Bea, Richard, Lara und Angelika konnten nicht anders, als Hope erleichtert und glücklich zu streicheln und zu kraulen. Hope war wieder da und diesmal würde sie für immer bleiben.

Nachdem alle Hope ausführlich begrüßt hatten, brachte Leo die Stute gemeinsam mit Angelika zurück auf ihre Koppel. Karim kam bei Hopes Anblick wiehernd und in stolzem Trab ans Gatter gelaufen. Auch Luna und Rosi näherten sich. In einigem Abstand folgten Joe, Fabulus, Calypso, Darius, Fredo, Rodin, Paula und Georgio.

Aus respektvoller Distanz verfolgten sie, wie Leo das Gatter öffnete. Kaum war der Weg frei, stürmte Hope auch schon los. Mit kraftvollen Sprüngen nahm sie das Areal wieder in Besitz, wurde Teil der Herde, die augenblicklich mit ihr gemeinsam über den Platz fegte wie eine wilde Sturmwolke, die vom Wind mal hierhin, mal dorthin getrieben wurde. Stolz und glücklich sahen sich Leo und Angelika an.

»Du hast vorhin so schön gesagt, dass du hier die Chefin bist«, sagte Leo. »Das klang wirklich gut!«

Angelika schmunzelte. »Fand ich auch.« Dann seufzte sie. »Aber ich habe mir als Chefin auch etwas einfallen lassen. Ich werde Herrn Blankewitz morgen sagen, dass er eine Sekretärin für das Zettelzeug einstellen soll, damit ich mich wieder mehr um unsere Pferde kümmern kann.«

»Das ist eine sehr clevere und chefmäßige Idee«, freute sich Leo.

In diesem Moment sahen sie, wie sich Richard langsam der Koppel näherte.

»Na, ich lass euch mal allein«, sagte Angelika mit einem Lächeln.

»Ist Lara eigentlich noch da?«, fragte Leo, als Richard sich neben sie ans Gatter stellte. »Ich glaube, es wäre gut, wenn ich noch einmal mit ihr spreche.«

»Sie ist gerade nach Schönholz gefahren«, sagte

Richard, während er die Pferde beobachtete. »Sie wollte sich unbedingt bei Kai bedanken und ihm sagen, dass er sich keine Sorgen um Hope machen braucht.« Er machte ein kurze Pause und sagte dann mit einem Grinsen: »Ich glaube, sie hat sich ein bisschen in ihn verknallt.«

Leo sah Richard überrascht an. »Stört dich das nicht?«, fragte sie.

»Wieso stören?« Richard verstand nicht, was Leo meinte.

Leo atmete tief durch. »Ich dachte, du würdest sie sehr mögen, du weißt schon. Weil du in letzter Zeit so viel auf dem Hof warst.«

Richard brach in schallendes Gelächter aus. »Ich und Lara?«

Leo sah Richard mit großen Augen an.

»Dass ich so viel hier war, lag an etwas anderem«, sagte er, und dann begann er zu erzählen. »Also, es ist mir fast ein bisschen peinlich, das zu gestehen, aber ich war wegen Cleo und Caesar hier. Weißt du, als du mich vorgestern angerufen hast, war ich gerade in der Stadt ... Ich mache da so eine ehrenamtliche Sache ...«

Leo ahnte, was er erzählen wollte. »Das Zwergkaninchen?«, fragte sie.

»Woher weißt du das?«, fragte Richard überrascht.

»Ich hab so meine Quellen«, antwortete Leo geheimnisvoll.

»Also gut«, fuhr Richard fort. »Ich war gerade im Seniorenstift. Es klingt komisch, aber das fasziniert mich gerade. Die alten Leute blühen auf, wenn ich mit Mucki vorbeikomme, das ist total schön anzusehen! Deshalb hatte ich vor, mit Caesar und Cleo zu trainieren, damit ich sie bald mal dorthin mitnehmen kann. Vielleicht mache ich so etwas später mal beruflich.«

Leo war beeindruckt. Und ihr wurde klar, dass sie schon viel eher mit Richard hätte reden sollen. Ihre Eifersucht war überflüssig gewesen.

»Und dann gibt es noch einen zweiten Grund«, fuhr Richard fort und sah Leo eindringlich an.

Leo hob ihren Blick. Sie spürte, wie ihr das Blut in die Wangen schoss. Warum musste Richard sie auch so ansehen!

Doch bevor Richard weitersprechen konnte, schob Hope ihren Kopf über den Zaun hinweg energisch zwischen die beiden.

»Ja, ich weiß, du bist auch da!«, lachte Leo und streichelte ihr zärtlich über den Hals. Sie wusste nicht, ob sie sich gerettet oder gestört fühlen sollte.

Richard hatte mit einer solch eifersüchtigen Dazwischendrängelei nicht gerechnet. Verdutzt sah er Hope an. »Ich glaube, hier muss jemand mal ordentlich geputzt werden«, sagte er dann und zeigte auf Hopes Bauch, der von dem morgendlichen Ritt noch schlammbespritzt war.

Leo zögerte einen Augenblick. »Wenn du möchtest, könnten wir das ja zusammen machen«, sagte sie schließlich, während sie Hope durch die Mähne fuhr.

Richard lächelte. »Sehr gerne«, sagte er und streichelte Hope mit seiner Hand versonnen über den Hals, was die Stute mit einem zufriedenen Schnauben quittierte. Leo fühlte plötzlich, wie sie wieder verlegen wurde. Doch sie gab sich einen Ruck und langsam schob sie ihre Hand auf Richards Hand. Die fühlte sich warm und vertraut an. »Gut, dann machen wir das«, sagte sie.

© Jan Bölsche

Carola Wimmer, 1970 in Berlin geboren, begann ihre Autorinnen-Karriere als Verfasserin von Kinder-Hörspielen für den ORB. Nebenbei schrieb sie Texte und Konzepte für etliche Multimedia-Agenturen und war in der Presse- und Öffentlichkeitsarbeit tätig. Bis zu ihrem Entschluss, sich ganz auf ihre Arbeit als Kinderbuchautorin zu konzentrieren, war sie Redakteurin eines Internetportals für Kinder und Jugendliche. »Hope« ist, nach dem großen Erfolg »Ostwind – Das Buch zum Film«, Carola Wimmers zweiter Pferderoman. Sie lebt und arbeitet heute in Berlin.

Carola Wimmer

Hope – Sprung ins Glück

192 Seiten, ISBN 978-3-570-17273-5

Als Leonie sich den Knöchel bricht, bedeutet das nicht nur das Aus für ihre Karriere als Eiskunstläuferin. Sie muss auch das Sportinternat verlassen und zurück in ihre Heimatstadt, wo ihr die neuen Mitschüler einen Neuanfang schwer machen. Der Zufall führt sie auf den benachbarten Pferdehof, wo sie auf Hope trifft. Sie spürt sofort, dass sie und das Pferd eine besondere Verbindung haben, doch die Besitzer verbieten ihr den Umgang mit dem Tier ...

10321

cbj

www.cbj-verlag.de